손자 바보 이계진의

똥꼬 할아버지와
장미꽃 손자

똥꼬 할아버지와 장미꽃 손자

초판 1쇄 발행 2014년 5월 29일
초판 2쇄 발행 2014년 8월 5일

글 이계진
사진 이두용 · 이경은
발행처 하루헌
발행인 배정화
주소 서울시 서초구 방배로 43길 5, 1-1208 (우편번호 137-829)
전화 02-591-0057
홈페이지 www.haruhun.kr
이메일 hrhbook@gmail.com

공급처 (주)북새통
주소 서울 마포구 서교동 465-4 광림빌딩 2층 (우편번호 121-842)
전화 02-338-0117
팩스 02-338-7161
이메일 thothbook@naver.com

디자인 땡스북스 스튜디오

＊ 잘못된 책은 구입하신 곳에서 교환해 드립니다.
＊ 가격은 뒤표지에 있습니다.
ISBN 978-89-969574-1-6 03810

＊ 이 도서의 국립중앙도서관 출판시도서목록(CIP)은 서지정보유통지원시스템
홈페이지(http://seoji.nl.go.kr)와 국가자료공동목록시스템(http://www.nl.go.kr/
kolisnet)에서 이용하실 수 있습니다.(CIP제어번호: CIP2014016301)

손자 바보 이계진의

똥꼬 할아버지와
장미꽃 손자

글 이계진 ㅣ 사진 이두용·이경은

하루헌

요놈 요놈,
요 예쁜 놈들!!!

우리가 혹 '영생'할 수 있을까? 나는 잘 모르겠다. 다만 '그럴지도' 모르겠다는 생각을 할 때가 있다.

내 할아버지와 할머니가 내 아버지를 낳으셨고, 내 아버지와 어머니가 나를 낳으셨고, 다시 내 아내가 우리의 딸과 아들을 낳았다. 그리고 이제 아들과 딸이 우리의 손자 손녀를 낳는다.

그 손자 손녀들이 커 가는 '모습'에서 놀랍게도 우리는 '우리'를 느끼고, 찾는다. 영생의 한 형태가 혹시 이런 것은 아닐까?

죽어가던 메마른 땅에 비가 내리고 새싹이 돋아나듯 이제 아무런 생의 즐거움이 없을 것 같은 삭막한 노년이 다가오는 나이에, 새싹과 같은 손자들이 우리 앞에 찾아온다.

세상에 하늘이 이런 배려를 해 두셨다니……! 예쁘다. 요놈 요놈, 요 예쁜 놈들!

누구나처럼 나도 그 은혜로운 배려에, 감사한 마음으로 그 놀랍고 아름다운 성장의 순간순간을 지켜보다가, 혹여 그 기억들이 잊혀질까 두려워 메모를 하기 시작했다. 그러다가 '메모'가 벅차서 컴퓨터 '자판'을 두드리기 시작했다. 스케치북 앞에 파스텔 분필을 들고, 여름날 동산에 뜬 무지개를 바라보는 마음으로.

단순한 손자 사랑을 넘어 우리 손자들이 날로 커 가는 과정에서 아이들과 함께 지내며 겪은 일과 관찰하고, 들은 이야기들을 가능한 한 꼼꼼하게 기록해 아이들의 성장과 변화를 담으려고 했다. 그리고 할아버지 세대와 우리 아들 세대 그리고 다시 손자 세대의 시대상을 함께 이야기하며 지켜야 할 가치나 전통은 무엇인지를 말하고 싶었다. 아울러 지금 이 사회가 아이를 낳고 기르기에 얼마나 힘든지에 대해서도.

세월이 지난 뒤에 손자들이 이 글을 본다면 엄마 아빠와 친가 외가 할머니 할아버지, 고모 이모 사촌 혹은 지인들이 저희들에게 얼마나 큰 사랑을 주셨는지도 알았으면 싶다. 또 가족이 아닌 누군가는 이 글을 읽으며 '아, 그때 그랬었나?'라고 할 수 있으면 그 또한 좋겠다.

책이 되리라고는 생각하지도 않았다. 때가 되면 그저 작은 '문집'으로 엮어 지인들과 아이들에게 줘 주려고만 생각했다. 그런 소식을 전해 듣고 나를 찾아와 책을 만들고 싶다며 열정을 보인 사람이 있어 이렇게 세상에 나오게 됐다. 하루헌 대표 배정화에게(막내같은 대표이므로) 고맙다. 사돈인 이창용 선생과 유예옥 여사, 박명자 여사, 처제 홍미숙에게도 감사를 전한다. 그리고 누구보다, 부모에게 귀한 손자들을 안겨 주었고 또한 이번 책을 더욱 빛낸 사진까지 보탠 아들과 며느리에게 고마운 마음을 전한다.

이 책을 읽는 모든 이들에게 가족 사랑과 행복이 넘치기를!!!

2014년 새봄에
화계산 우거에서 온 가족의 이름으로

목 차

3

4

꽃보다 예쁜 꽃

이제 말을 겨우 하는 큰손자 녀석이 노래를 했다. 놀이방에서 배운 모양이다.

아빠, 인내데오! (힘내세요!)

우이가 이짜야요. (우리가 있잖아요.)

아빠, 인내데오!!! (힘내세요!)

우이가 이쩌요! (우리가 있어요.)

할아버지는 노래를 부르는 녀석이 귀여워 혼잣말로 말했지.

"오 호 호 호…… 너희가 있으니 힘내라고? 에라 이놈, 똥을 싸라!"

펙 추운 겨울이었다. 네 번째 돌이 지난 큰손자가 할아버지 집에 놀러왔다. 녀석이 할아버지와 이야기를 하다가 재채기를 했다. '이 녀석이 또 감기인가?' 감기 때문에 요즘 또 약을 먹는 다는 소리를 들어서 속상하던 차에 할아버지가 한마디 걱정을 했다.

"이 녀석, 잠바 좀 입어라! 잠바도 안 입고 노니까 감기가 안 떨어지잖아. 어서 잠바 입자!"

입기 싫다는 잠바를 입히고 나서 놀다가, 이번에는 무심결에 할아버지가

8

재채기를 했다. 녀석이 반격했다.

"잠바를 입어야지요!"

아이코, 할아버지가 당했다. ^^

어느 날, 할아버지가 못마땅한지 이번에는 녀석이 먼저 한마디 날렸다.

"할아버지는 빵꾸 똥꾸 쟁이야!"

'빵꾸 똥꾸? 아이쿠 규성이가 나쁜 말을 하네……. 이걸 어쩐다? 이럴 때 어떻게 응수를 하지?' 순간 고민 하던 할아버지는 녀석을 혼란에 빠뜨리기로 했다. 아름다운 말로 응수해야지!

"우리 규성이는 구름 쟁이야!"

그러나 녀석은 더 나쁜 말로 반격했다.

"할아버지는 똥꼬 쟁이야!"

할아버지는 더 예쁜 말로 응수했다.

"음, 우리 규성이는 장미꽃이야!"

녀석이 멈칫하더니 대거리를 멈췄다.

"……?"

전쟁은 금세 끝나고 말았다. 녀석이 자꾸 나쁜 말을 해도 할아버지는 고운 말을 쓰니까 전쟁이 안 된다는 것을 안 것이다. 할아버지가 이긴 거다. ^^

이 일로 할아버지는 '똥꼬 할아버지', 우리 규성이는 '장미꽃 손자'가 됐다. ^^

이번에는 작은 녀석.

어느 날, 아직 말문이 덜 열린 작은손자 '지한이'가 손가락을 치켜세우고 슬픈 표정으로 할아버지에게 다가 섰다.

"하바지, 아뽀……."

할아버지는 아무렇지도 않아 보이는 녀석의 손가락에 따뜻하게 입김을 불어 줬다.

"오디 보자. 호~ 호~ 호~! 우리 지한이 이제 안 아프지?"

녀석은 고개를 끄덕였다.

다시 며칠 뒤, 할아버지가 녀석에게 손가락을 보이며 찡그리고 말했다.

"지한아, 할아버지 요기 아빠."

녀석은 제비 주둥이를 할아버지 손가락에 대고 마구 입 바람을 불어댔다.

"푸카~ 푸카~ 푸카~ 푸~!"

그리고는 할아버지를 빤히 쳐다봤다.

"하바지 아빠?"

"아니, 할아버지 하나도 안 아빠."

아이고, 손자의 그 말 한마디에 할아버지 가슴 속은 금세 꽃동산이 된다.

어느 해 어느 날 나와 내 아내는 '할아버지 할머니'가 됐다. 누구나 그렇겠지만 우리 내외 역시 장년이 될 때까지 만해도, 세상 모든 사람들이 늙어 꼬부라진대도 죽는 날까지 청춘의 마음과 추억을 가지고 살 것 같았다. 정말 그럴 것 같았다. 그랬는데 어느 날 우리 내외도 할아버지 할머니가 됐다. 덜컥! 나도 '덜컥'이지만 나보다 나이가 좀 아래인 아내는 나의 마음보다 더 '덜컥' '할머니'가 된 그런 느낌이었을 것이다.

그런데 손자가 생겨 할아버지 할머니가 되니 그것 참 이상도 하지, 늙어진 느낌이 드는 것이 아니라 마음이 마냥 행복하고 좋다. 어찌 된 감정일까? 무슨 이유일까? 한마디로 설명하기는 쉽지 않겠지만 품안에 있던 사랑하는 나의 '아이들'이 다시 그의 '아이들'을 낳은 신비와 축복감인 듯 했다! 그리고 섭리, 바로 그 '섭리'인 것 같았다. 게다가 세상의 모든 할아버지 할머니의 마음이 다르지 않겠지만 마치 '우리'에게만 손자가 있는 것 같은 마음이니 참 신기한 일도 다 있다 하겠다.

1

강보에 싸인 손자를 보자
가슴이 뭉클했다.
세상에 갓 태어난 깨끗한 새 생명.
품안에 있던 사랑하는
내 아이가 '아이'를 낳은
신비감과 축복감!
손자는 세상에서 가장 귀한 선물이다.

첫 손자

서기 2008년 9월 28일, 우리의 첫 손자가 태어났다. 손자가 태어난 날이 9월 28일이라! 그날은 특별한 의미가 있는 날이다. 바로 6.25 동란 때 잠시 북한에 빼앗겼던 수도 '서울'을 다시 탈환했던 날, 바로 '9.28 서울 수복 기념일'인 것이다.

　이름을 뭐라고 지을까? 며늘아기의 임신 소식을 듣고부터 '손자' 인 경우와 '손녀'인 경우를 두고 예비 이름을 생각하다가, '손자'라는 성별 확인이 된 후에 나름대로 정성을 쏟아 몇 가지 이름을 지어 놓았었다. 그러나 그 이름은 '후보'에도 오르지 못하고 묻히게 됐다.
　우리는 첫 손자 이름을 '규성'이라고 지었다. 한자로는 별이름 '규 奎'자에 깨달을 '성惺'자를 써서 지었다. 즉 '奎惺'이다.
　처음 이름을 지을 준비를 할 때는 의당 돌림자(전주이씨 효령대군 25세 손으로 항렬자로는 연演 자임)를 넣어야 하나, 그 돌림으로는 마땅한 이름이 없고 하여 항렬자 돌림은 고려하지 않기로 하였다. 대신 아비에게 이다음에 혹 집안 대소사 때 어른들께서 이름을 물으시면 이렇게

12

대답하도록 가르치라고 일렀다.

"증조부께서는 규揆 자, 할아버지께서는 계季 자, 우리 아버지는 용庸 자를 쓰셨습니다. 저는 연演 자 항렬이지만, 항렬 이름이 마땅한 게 없어서 '규성'이라고 지어주셨답니다."

세상이 많이 변했으나 우리에게는 아직도 '근원'과 '뿌리'가 중요하다고 생각한다.

첫 손자의 이름을 짓던 상황을 다시 좀 더 이야기하자. 출산을 앞두고 아비와 어미는 '부르기' 좋고, '기억하기' 좋고, 국제화 시대에 맞도록 '영문 표기'에도 무리 없는 이름이면 좋겠다고 했다. 그래서 할아버지는 머리를 짜고 꽤 긴 시간 행복한 고민을 하여 후보 이름

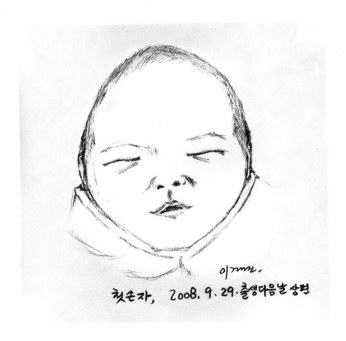

첫손자, 2008. 9. 29. 출생다음날 상면

13

을 몇 개 지어 놓았었다. 그러나 그동안 이름에 관해서는 입도 벙긋하지 않던 '할머니'는 그런 '말랑말랑'한 이름도 좋겠지만 그보다는 뜻이 좋고 아이 앞날에 좋다는 쪽으로 이름을 지어야 한다는 생각이 확고했다.

아이코, 세상은 많이 변했다. 그 가운데는 여성 파워가 기세등등해진⑦ 것도 포함돼 있으니 여자인, '할미'의 생각이 중요했다. 할머니 앞에 의견을 내지 못하는 아비 어미나, 언제나 할머니 의견을 존중하는 할아버지는 단박에 그리고 순순히 주장을 접어야 했다. ㅜㅜㅜ

결국 미리 생각해 두었던 이름일랑은 모두 없던 일로 하기로 했다. 대신 자주 뵙는 스님께 작명을 청하여 좋은 이름을 받기에 이르렀으니, 그 이름이 바로 '규성'이다.

이름값으로는 약소 하지만 품질이 썩 괜찮은 보이차普洱茶 한 편으로 대신했다. 좋은 보이차 한 편(원반형 차 한 덩어리) 값이 만만치 않은 것을 아는 '할미'의 정성이었다.

첫 손자 규성이 이름은 이렇게 지어졌다. 손자 앞날에 좋다는데 그걸 반대하고 우길 아비 어미 그리고 '할아버지'가 어디 있겠는가! '개똥이'라고 짓는다한들 어찌 손자가 귀엽지 않을까만 손자가 장성해서 훌륭한 사람이 되라는 할아버지 할머니의 사랑과 소망이 아니겠는가?

큰손자 '규성'이는 '문기文氣'가 많은 아이라는데 지혜롭고 총명하게 자라서 그 문기를 발휘할 수 있기를 기원하는 의미가 들어있는 이름이라고 설명을 들었다. 그런 이름 내력을 정리해서 유명한 서예가 고산古山 김정호 선생에게 부탁하여 편액 작품으로 만들어 첫돌 기념으로 주었다.

　사람은 '꼴 보고 이름 짓는다.' '이름값 한다.'는 속담처럼 이름대로
되는 경우가 허다하다. 그러하니 할아버지와 할머니의 소망은 우리
손자가 학창시절이나 어른이 되어서나 일생 살아가는 동안 그 편액
을 가까이 두고 그 뜻을 생각하며 순리에 거스르지 말고, 함부로
행동하지 말며, 큰 뜻을 지키며 살았으면 좋겠다. 세상이 아무리 변
하고 어지러워도 말이다.

둘째 손자

그로부터 2년 3개월 8일이 지난 2011년 새해 벽두, 1월 5일에는 다시 드높은 하늘에서 내려주신 둘째 손자가 태어났으니 감사하고 기쁜 마음을 비할 데가 없다. 하늘과 조상님들께 감사한 마음이다. 우리에게 손자를 둘씩이나 주시다니!

할아버지와 할머니는, 어미가 둘째를 출산하기 전에는 첫 손자는 '아들'을 낳았으니 둘째는 은근히 '손녀'를 기대하고 있었다. 하지만 둘째가 또 '손자'라는 사실이 아주 좋았다. 형제가 있어 서로 의지하며 자라고, 어른이 되어서는 우애 있게 도우며 살면 좋을 것 같다는 생각에서였다.

할아버지는 병원에서 둘째를 상면하던 날도 큰손자 규성이 때와 같았는데, 어미가 또 아들을 낳았다는 사실에 할머니는 그저 싱글벙글했다. 며느리가 고맙고 대견해 보였다.

둘째 녀석 첫 인상은 '또랑또랑하고 야무지게' 생겨서 '잘 키우면 뭐 하나 단단히 해 먹을 녀석'이라고도 했다. 누구나 잘 키우면 그렇겠지만 그건 할머니로서 간절한 축원의 말인 셈이지! 그러면서 할

머니는 갓난 것을 바라보며 연신 감탄이었다. "저 눈 좀 봐! 저 입 좀 봐!"

더없이 귀한 또 하나의 손자! 둘째 이름도 같은 배경(돌림을 넣은 이름이 마땅하지 않아서)으로 규성이 이름을 지어 주신 스님께 또 청을 드려 지었는데, 둘째 손자는 첫 손자보다 작명이 수월치 않았다. 사주에 맞추어 지어야 하는 어려움이라고 들었다. 좋은 것을 살리고 나쁘다는 것을 누르며, 여러 의견을 모은 끝에 '지한知韓'으로 이름을 결정했다.

처음에는 생년월일 사주를 풀어 지한智閑으로 하자는 의견이었다. 아이 성격이 급하고 다혈질이라서(아직 갓 낳았고 어려서 알 수 없지만 사주풀이가 그렇다는데……) 그 성격을 잘 누르고 유도하며 차분히 키우기 위해서는 수양을 겸하는 운동을 꾸준히 시키고, 육식보다는 채식을 하도록 해야 할 아이인데, 이름도 그런 소망을 담아 지어야 한다는 설명이었다. 그런데 마침 갓 났을 때 녀석이 얼마나 '악다구니'를 쓰는지 (몇 개월이 지난 다음에 보니 식욕이 왕성해 배가 고픈 것을 못 참아 그랬다는 결론이 났는데……. ㅎㅎㅎ) 그 이름이 아니면 안 될 것 같았다. 그러나 백 일이 지나고 차츰 차츰 분위기가 달라지는데, 이름 때문인지 그렇게 기가 넘어가게 울어대며 성깔을 보이던 아이는 제 형 규성이보다 더 유순한(이 점도 더 두고 볼 일이지만) 아이가 되어 버렸다. 벙글벙글 웃어대며 식구들을 녹여 버리는 데는 분명 여러 훌륭하신 어른들께서 고민하며 정성껏 지은 이름 덕인 것 같다! ^^

둘째 녀석 역시 제 형과 똑같이 이름 지은 내력을 편액으로 만들어 첫돌 선물로 주었다.

두 녀석•이 날 무렵

두 녀석은 많은 복을 타고 났다고 생각한다. 그 어린것들에게 '복'이란 것이 무엇일까? 친가 외가 할아버지 할머니가 구존하고, 몸과 마음이 건강한 아버지 어머니를 두고, 멀쩡한 육신을 타고 난 그것만도 큰 복이 아닌가 한다. 그보다 더 큰 복이 무엇이겠는가?

그런 복을 받고 났으니 감사함을 잊지 말고, 오히려 같은 세상을 살면서 어렵고 고통 받는 아이들을 생각하고 돌아봐야 하지 않겠는가.

마침 아비와 어미는 그 감사함을 나타내기라도 하듯 녀석들의 첫 돌잔치는 차림을 간소하게 했다.

규성이는 첫 손자라고 서울 남산 기슭에 있는 아담한 레스토랑을 빌려 작은 잔치를 했고, 지한이는 집에서 격식을 갖추어 조촐한 돌잔치를 해 주었다. 돌잔치를 그렇게 하고 그 대신 절약된 비용에다 돈을 좀 더 보태서 많은 쌀을 사서 (규성이 돌 때와 지한이 돌 때 모두 각각 200만 원 상당의 쌀을 구입해서) 배고프고 어려운 사람들에게 전달한 일이 있다.

그런 결정을 들은 할아버지와 할머니 마음도 행복하고 넉넉했다.

두 녀석들이 아비 어미의 그런 뜻을 알고, 이다음에 성장한 후에라도 언제나 이웃을 생각하는 아름다운 삶을 살았으면 좋겠다는 생각에서 기록을 한다.

살아가면서, 정직한 마음으로 열심히 일할 것이며, 그 결과로 여유로운 삶을 살거든 분에 넘치지 않는 범위 내에서 이웃에 보시하고 살아야 한다. 명심하고 실천하기를 바란다.

그런데 이 녀석들이 장차 무엇이 될까? 무엇을 하는 사람이 될 것이며, 어떤 인격을 지닌 사람이 될 것인가. 사람 노릇은 하고 살까? 몸은 건강할까? 정신은 올바르게 가지고 살까? 경제적으로 제 앞가림은 하고 살까? 평범한 시민의 기본은 지킬까?

별 탈 없이 자라면 큰 학자가 될지도 모르지. 음악가가 될지도, 혹은 화가가 될지도 모르고. 기업인이 되려나? 유명한 스포츠 선수가 될 수도 있을 테지. 대문호大文豪가 되면 그도 좋겠는데.

할아버지 뒤를 이어 아나운서? 언론인? 혹은, 교육자? 과학자? 아니면 연예인? 사회운동가? 관료의 길? 아니, 혹시 할아버지의 이런 야무진 꿈이나 희망과는 달리 사람 노릇, 제 몫, 제 구실도 못하는 말썽꾸러기가 되는 것은 아니겠지?

그저 초 중 고등학교는 제대로 잘 다닐 거며, 남들이 가는 평범한 길을 함께 가며 스스로 행복하게 살면 될 것이다. 아마 이런 마음이 손자를 두고 있는 이 세상 모든 할아버지 할머니의 마음일 것이다.

녀석들에게는 마땅히 책임이 큰 '아비'와 '어미'가 있고 그 다음이 할아버지 할머니다. 그나마 이미 나이가 많은 할아버지와 할머니는 사랑스러운 손자들 미래를 제대로 보도 못하고 세상을 떠날 것이 아닌가. 그래서 '요놈들'이 제대로 사람 구실을 하며 살기를 바라는 간절한 마음으로 손자들 '성장'을 지켜본다.

두 손자의 육아 환경을 말하자면 아비 어미가 같은 직장(공기업)을 다니며 일을 하는 상황이었다. 할아버지는 아이들 출생 당시에 국회의원(17대, 18대)이 되어 서울과 고향 원주를 오르내리며 의정활동을 하던 때였다. 할머니는 할아버지의 활동에 조력하랴 살림하랴, 여러 문제로 바쁘던 시기였다. 따라서 주말을 틈타서나 손자들을 만나는 정도였다. 어미와 아비가 직장일로 힘들거나 아이들이 감기 등으로 갑자기 아프거나 하는 비상시에나 손자들을 맡아 보살피는 정도 외엔 적극적인 도움을 줄 수가 없어 매우 안타까웠다.

아이들은 마땅히 어미와 아비가 키워야 하지만 이 시대의 여러 가지 변한 상황은 그럴 수가 없었다. '저 출산' 문제가 사회 문제가 된 이유를 바로 느낄 수 있는 상황이 우리 앞에 닥친 것이다. 물론 어미와 아비가 직장에 다녀 수입이 웬만해서, 육아를 담당할 사람을 채용해 해결하는 방법이 있겠지만 거기에는 매우 난감한 문제가 있다는 것이다. 그 비용도 만만하지 않다지만 그건 둘째고 모르는 사람에게 아이를 믿고 맡기기 어렵다는 '심각한' 소문 등 '불신'이 문제였다.

그러나 우리 손자들에게는 행운이 따랐다. 그때 마침 오랜 해외 항공사 근무를 마치고 정년이 예정되신 외할아버지와 외할머니 내외분이 귀국하여 전적으로 육아에 도움을 주실 수 있는 상황이었다. 이 얼마나 다행한 일인가.

외국에서 돌아오신 외할머니와 외할아버지는 그 무렵 분당에 사셔서 '분당할머니 할아버지'로 통했는데 두 분이 녀석들을 헌신적으로 돌보고 키우셨다.

아비 어미가 함께 직장에 나가는 월요일부터 금요일 오후까지는 분당 외할머니 내외가 손자들을 전적으로 책임을 지셨다. 금요일 퇴근 후에는 어미 아비가 외가에 가서 규성이를(규성이가 놀이방에 다니기 시작한 다음부터는 지한이를) 데려와 주말을 함께 보내고는 일요일 오후가 되면 다시 외가에 데려다 주었다. 그야말로 '전쟁' 같은 상황이었다. 외할머니 외할아버지께서는 규성이 형제뿐 아니라 이종 사촌인 '채은'이도 함께 돌보고 계셔서 조용하던 집이 갑자기 '어린이집'이 된, 퍽 힘드신 형편이셨다. 물론 외할머니 외할아버지도 행복한 일이시겠지만.

여기에 꼭 기록해 두어야 할 분이 또 계시다. 귀한 첫손자 '규성'이가 갓 태어나고 육아의 일손을 구할 수 없어 정말 난감할 때 아내(할미)에게는 든든한 도반道伴이며 '명자 형님'으로 통하는 지인, '쌍둥이 할머니'가 헌신해 주신 초기 도움이 있었으니 그 신세는 잊을 수가 없다.

할아버지 할머니가 자주 이야기 하지만, 아비 어미는 물론 규성이와 지한이가 장성한 후에라도 외할머니와 함께, 그분 '쌍둥이 할머니'의 그 고마움을 잊지 말고 기억해야 한다. 규성이 보다 앞서 쌍둥이 형제 손자를 보셔서 애칭이 '쌍둥이 할머니로 통했는데 언제나 정이 많으시고 아이들을 사랑하는 마음으로 규성이를 돌봐 주셨다.

병원에서 첫 상면한 손자

원주에 있던 시간에 규성이가 태어났다는 소식을 들었는데 할머니와 할아버지는 얼마나 좋았는지 서둘러 차를 몰아 거의 단숨에 달려갔단다. 운전은 할아버지가 했는데 교통법규를 잘 지켜 늘 '느림보 운전'으로 할머니로부터 놀림을 받던 할아버지가 약간 과속을 할 정도였단다. ^^

강보에 싸인 첫 손자를 보자 가슴이 뭉클했다. 물론 할머니도 그랬을 것이다. 할아버지가 어미에게 한 말은 "큰일을 했구나……!"였다.

세상에서 가장 귀하고, 가장 연약하고, 티끌 한 점 없이 깨끗한 녀석! 할아버지는 "손자를 한 번 안아 보시라"는 사부인(산모를 돌보시던 외할머니)의 말에도 덥석 안을 수가 없다. 혹 의정활동 등으로 사람을 많이 만나는 할아버지로부터 병균이라도 감염될까 염려스러웠다. 세상에 갓 태어난 깨끗한 새 생명인데……!

결국 손자를 처음 안는 기쁨은 나중으로 돌렸는데 나중에 녀석을 안았을 때도 할아버지는 녀석이 살얼음이나 유리처럼 깨질까봐 얼마나 조심을 했는지 모른다.

친가 첫 나들이

자식들을 낳고 길렀건만 30여년 만에 어쩌면, 어쩌면 그렇게 육아 방법과 성장 과정에 대해 싹 잊어버리다시피 하고, 모든 것이 신기하고 새삼스럽기만 한지 모를 일이다. 마치 아이를 낳고 길러 본 적이 없는 듯, 할미와 할아버지는 정말로 모든 것이 새로웠으니 말이다.

그러나 예로부터 내려오던 한 가지는 할아버지 할머니로서 잊지 않고 꼭 해 준 것이 있다. 규성이가 태어난 지 얼마 안 되어서 강보에 싸인 채 화계산 시골집 본가로 첫 나들이를 오던 날에 있었던 일이다.

손자가 도착하는 시간을 설레며 기다렸다. 손자가 도착하자 집 앞 마당에 걸어 놓은 무쇠 솥 '솥 밑'을 손으로 쓱 문질러 첫손자 규성이 이마에 그을음 칠을 해 주며 "잡귀야, 얼씬도 말고 썩 물러가거라!" 하며 환영행사를 했다. 그래야 손자가 무병하게 잘 자랄 것이라고 굳게 믿기 때문이었다.

옛날 너희들 고조부께서 할아버지에게 그렇게 하셨을 것이고, 또
증조부께서는 너희들 아비에게 그렇게 하셨다.
그러니 너희들도 어른이 되거든 그렇게 했으면 좋겠다.
두 녀석들은 검정 그을음을 이마에 받으며 똑같이 '으앙!' 하고
울었지. 식구들은 모두 웃었고 우는 너희들의 모습은 그저
예쁘기만 했단다.

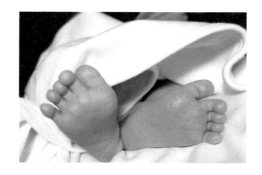

눈雪도 '눈', 눈眼도 '눈'

낳아서 예쁘고, 울어도 듣기 좋고, 벙글벙글 웃으니 더 예쁘고, 잠자는 모습이 귀엽고, 때가 되어 뒤집기를 하니 놀랍고, 배밀이를 하고 기어 다니니 또 예쁘고, '따로따로' 서니 장하고, 아장아장 걸으니 다시 예쁘다. 그러다가 옹골지지는 않지만 '말'이라는 걸 시작하니 이건, 이건 참으로 신기했다. 조것이 어떻게 말을 알아듣고 그걸 흉내 내서 말을 할까?

어린 생명체가 소리 내어 표현은 못하지만 식구들이 반복해서 들려주는 말을 '듣고' 기억하는 모양이다. 청각으로 들리니까 듣고, 듣는 대로 뇌의 기억장치에 기억해 두고, 그 데이터를 차곡차곡 축적해 놓았다가 언어 중추가 작동하고 발음기관을 움직이면 말을 하기 시작할 것이다.

불행하게도 선천적으로 청각 기능에 문제가 있으면 듣지 못할 것이고, 입력된 소리 데이터가 전혀 없으므로 언어중추가 가동되어도 출력을 못하는 경우가 말 못하는 '농아'일 것이다. 그런 일이 있을까 봐 아이의 말이 늦어지면 가족들은 은근히 걱정을 하는 것일 거다.

그래서 식구들이 돌아가며 수시로 기초 훈련을 시킨다.

"우리 규성이 코는 어디 있나~?" 하면 고사리 같은 손으로 제 코를 짚는다.

"입은 어디 있나~?"

벙글벙글 웃으며 영락없이 제 입을 짚는다. 코, 눈, 입, 귀, 머리, 발, 배꼽, 찌찌, 고추…… 제 몸의 여러 부위 명칭을 척척 맞춘다. 그러면 마치 세상에 없는 '천재'라도 난 듯 가족이 손뼉을 치며 환호한다.

우리 규성이도 말이 늦어지는 것 같아 은근히 성화였지만 이렇게 '소리'를 듣고 '반응'하는 것을 확인했고, 온전하지는 않지만 '엄마 아빠'를 말하기 시작했기 때문에 걱정은 하지 않았다. 다만 말문이 빨리 그리고 마구 터졌으면 하는 바람은 여전하다.

그런데 첫돌이 지나고 두 번째 맞은 겨울, 말문이 터지기를 고대하던 무렵 눈이 내리던 날, 녀석 때문에 폭소할 일이 생겼다. 마침 할머니가 녀석을 돌보고 있는데 창밖에는 눈이 펄펄 내리고 있었다. 창밖을 바라보던 녀석이 갑자기 끙끙거리기 시작했다.

"으, 으……!"

녀석은 할미에게 주의를 환기시키더니 창밖을 한 번 가리키고 다시 할미를 향해서는 제 눈을 가리키는 반복 동작을 하며 끙끙거리고 있었다.

"얘가 왜 이러지? 뭘 어쩌라는 거지?"

그 순간, 눈치가 빠른 할미가 폭소를 했다.

"웅! 그래 눈이 온다고? 호호호호호!"

녀석은 하늘에서 내리는 눈雪도 '눈'이라고 들어 입력했고, 제 얼굴에 있는 눈眼도 '눈'이라고 들어 입력돼 있으니 어른들은 도저히 상상도 할 수 없는 언어를 구사한 거다.

　외할머니 손을 잡고 아파트 단지 놀이터를 산책할 때 눈을 밟으며 설명들은 '눈'과 "우리 규성이 눈은 어디 있나?"로 익힌 '눈'의 소리는 같았으니까.

　그런 일은 또 한 번 있었다. 친가 외가 사돈끼리, 두 할머니가 모여 밥을 먹다가 '풋고추'가 싱싱하고 맛있다고 '고추' 이야기를 하는데 녀석이 제 고추를 톡톡 치며 "으, 으……"해서 또 한 번 할머니들을 자지러지게 웃겼다.

말문이 조금씩 열리다

그렇게 규성이는 말이 늦은 편이었는데, 그래도 그 어린것이 사내아이의 특징인 듯 자동차에 관심이 많아 '바퀴!'라는 말을 빨리 배웠다. 아파트 주차장을 아장거리며 다닐 때 주차된 자동차마다 고사리 손으로 바퀴를 가리키며 '바퀴!'를 외쳤다. 그리고 어떻게 구분을 하는지 어느 날은 주차장에 있는 여러 자동차 가운데 할아버지, 할머니, 아빠, 외조부의 차까지를 완벽하게 구분했다.

할아버지는 참으로 놀라웠단다. 말을 배우기 전인데도 "아빠 차는 어디 있지?", "할아버지 차는?"하면 영락없이 손가락으로 구별해서 가리키니 그게 여간 신기한 일이 아니잖은가. 오호!

뿐만 아니라 말을 조금씩 배우면서는 녀석이 가지고 있는 장난감 자동차를 중심으로 각종 자동차의 특성과 이름을 구분하여 말하기 시작하니 참으로 놀라웠다. 대부분 경험했겠지만 사내아이들의 특성이 나타나는 것이리라.

경찰차, 버스, 택시, 기차, 청소차, 택배 차, 지프차, 트럭, 포클레인, 오토바이까지!

참 신기한 일이다.

규성이는 제 이종사촌 여동생인 '채은이'보다도 말 배우기가 느렸는데 그 시기에 녀석은 제가 만들어 저만이 아는 말을 몇 개 사용했으니, 자동차를 '붕기'라고 했다. 그리고 '아니다' '싫다' 등 반대와 부정의 뜻을 말할 때는 '안기(앙기)!'라고 했다. '아니' 혹은 '안 돼'와 비슷한 어감인데 특히 '안기!'를 말할 때는 '경우'와 '감정 상태'에 따라 그 '강도'와 '표정'을 달리하며 말했다. 그 말을 듣는 식구들은 단호함의 정도와 억양에 따라 아이의 '기분'을 알 수 있을 정도였으니까. 그 또한 재미있는 일이었다.

조금씩 지각이 발달하면서, 가기 싫어하는 '놀이방'에서 기분이 언짢은 일이 있었던 날은 놀이방 선생님에 대한 감정을 '안기'로 나타냈다. 그 말이 듣고 싶어서 슬쩍 녀석에게 할아버지가 물어본다.

"규성아, 놀이방 선생님 예쁘시냐?"

"안기!"

오늘 놀이방 은 재미 없었나보다.

때에 따른 그 다양한 강도의 '안기' 소리가 듣고 싶어서 식구들은 규성이에게 이것저것 자꾸 묻기도 했으니까. 언제나 말을 제대로 하려나.

몇 가지 낱말을 구사하는 정도지만 녀석의 생각은 만만하지 않았다. 잔병으로(고뿔, 중이염, 우유가 맞지 않아서 잠시 동안의 혈변 등) 동네 소아과와 큰 병원에도 다녔는데 대개의 아이들이 그렇지만 '약 먹기'를 싫어해서 실랑이를 할 때가 있었다. 요즘 어린것들이 먹는 약은 쓰지도 않다는데.

어미가 약병을 들고 무한히 인내할 때, 역할을 나누어 아비는 악역(?)을 맡는다. 가끔 단호한 모습을 자주 보여서 규성이에게는 엄한 존재가 됐다. 그러니 녀석도 자연스레 아비를 무서워해서 아비가 엄숙한 소리로 '이규성!' 하며 큰 소리를 내면 꼼짝없이 약을 받아먹는다. 하지만 꼼짝 못하고 약을 먹는 꼴이 할아버지 할머니에게는 조금 안돼 보일 때도 있었다. '꼭 잡고 입을 벌리고 강제로 먹이면 어떨까……' 하는 마음도 들었으니까.

가끔 어미 대신 할미가 약을 먹일 때도 있었으나, 녀석도 할미의 약숟가락은 만만히 봐서 '탁 쳐 내는 등' 쉽게 성공하지 못할 때도 있었다. 그러나 어미는 약을 안 먹으려는 녀석을 달래고 인내하며 기다리거나, 녀석과 약속을 받아 내는 식으로 끝까지 타협하며 약을 먹였다. 잘하는 일이다.

어느 날은 약을 먹기가 싫으니까 꾀를 써서, 녀석이 가장 좋아하는 애착물 '티거'를 손으로 가리키며 '티거에게 약을 먹이라'는 의사표시를 해, 온 식구가 폭소를 한 적도 있다.

약을 먹기 싫어하는 어린것을 지켜보는 할아버지의 마음 속 말은 '약을 먹기 싫으면 아프지나 말든지'로 시작하지만 맺는말은 항상 '녀석은 아프고 싶어 아픈가!'로 자문자답을 한다.

아픈 것도 '성장과정'이다. 특히 놀이방에 다니면서 또래들끼리 집단생활을 하다 보니 감기 등이 서로 감염되며 자주 병이 나곤해서 안타깝기는 했다. 하지만 아프면서 여러 '바이러스'나 '균' 종류에 대해 저항하는 항체가 만들어져 저항력을 키우고 몇몇 질병에 대해서

는 면역력도 키울 수 있다고 생각한다. 그래도 할아버지의 마음은, 어린것이 아파서 힘들어 하는 꼴이 안타까울 뿐이지.

하긴 돌아보면 아비도(아마 어미도) 아니 할아버지도 어린 시절에 쓴 약을 먹기가 싫어서 요리 핑계 조리 핑계를 대면서 약을 거부하던 일이 생각난다. 어린 시절에는 모두 그랬단다. 그래도 규성이는 '티거' 친구라도 있잖니?

규성이 애착물 '티거'

여기서 규성이의 '애착물'로 친구이며 분신인 '티거'를 이야기해야 하겠다. '티거'는 무섭지 않은 호랑이 모양으로 만든 헝겊인형인데, 어린이 애니메이션의 '캐릭터'인 것으로 들었다. '티거'의 크기는 유아들 베개만한 것인데 주황색 짧은 털 헝겊인형이었다.

대개의 아이들에게는 유아기부터 가지고 놀거나 쓰는 동안 피부 접촉을 통해 그 감촉을 좋아하다가, '애착'을 넘어 더러는 강한 '집착'을 보이는 물건이 있다. 애착 정도에 따라 차이가 있겠지만 어느 시기부터는 그것 없이는 잠도 못자고 울고불고 난리를 치기도 하며 집착하게 되는 물건인데, 규성이에게는 '티거'인형이 바로 그것이었다.

어느 날은 그 '티거'를 두고 나들이를 갔다가 그것 때문에 서둘러 집으로 되돌아오기도 하고, '티거'를 놓고 놀이방에 가서 막무가내로 울고 있다는 전화를 받고 할아버지가 자동차로 '티거'를 긴급 배달한 적도 있다.

티거를 놀이방에 가져다 줄 사람이 아무도 없는데 녀석이 계속 운다니 할 수 없이 할아버지가 자동차로 배달을 할 수밖에 없었지! 손자 인형을 배달하는 국회의원 할아버지 '체통'은 말이 아니었지만 조금도 기분이 언짢지 않았단다. 아니, 오히려 할아버지에겐 색다르고 유쾌한 '추억거리'가 될 거라고 생각했단다.

재미있는 녀석, '티거'와 언제까지 그렇게 일심동체로 놀지 궁금하다. 그렇게 끌어안고, 베고 자고, 가끔은 물고 뜯고 하다 보니 '티거'의 긴 꼬리는 짧아지고 실밥이 너덜너덜해서 가위로 꼬리 성형수술을 한 적도 있다. 놀라운 일은, 아직 말도 못하는 녀석이 할아버지에게 '너덜거려 지저분한 티거의 꼬리를 다듬어 달라'는 뜻으로 가위를 찾아다 놓고는 온갖 시늉을 해가며 의사 표시를 했고, 그걸 알아차린 할아버지가 성공적으로 성형 수술을 한 적도 있었다. 애착물인 '티거'를 깔끔하게 유지하려는 녀석의 놀라운 마음을 볼 수 있었다. 깔끔한 걸 좋아하는 마음인가 보다.

여하간, 말 배우기가 늦어지고 있지만 녀석의 '생각 작용'은 머릿속에서 그렇게 진행되고 또 발달되고 있다는 의미였다.

대체적으로 손자의 말이 늦어 식구들이 은근히 성화였는데, 아빠 엄마가 다니는 직장에서 운영하는 '놀이방'에 다닌 후 또래 아이들과 어울리기 시작하면서 말이 빠르게 늘기 시작했다.

2011년 봄부터 말문이 열리기 시작하더니 여름이 되며 매우 빠른 속도로 말이 늘었다. 이때부터 규성이와 만나서 나누는 '대화'는 할아버지 할머니에게 새로운 기쁨을 주었다.

어린것의 놀라운 표현

2011년 여름에는 유독 비가 많이 내렸다. 장마가 계속되던 어느 날, 할아버지가 운전을 하고 할미는 뒷좌석에서 규성이를 안고 시골집으로 나들이를 내려오는데, 비가 잠시 멎은 차창 밖으로 펼쳐진 먼산의 풍경을 보고 규성이가 소리를 쳤다. "산에 불이 났어요!"

이게 무슨 소린가 해서 흘깃 산을 바라보니 비가 갠 산자락에 구름과 안개가 산등성이를 휘감아 도는데 마치 녀석의 눈에는 연기처럼 보였던 모양이다. 그러니 불이 났다고 할 수밖에. "산에 불이 났다."는 말은 최근 말문이 터지면서 내 놓은 말인데 아, 얼마나 귀여운 생각이며 놀라운 표현인가! 할아버지와 할미는 손자 규성이의 그런 표현을 듣고 감탄했다. 그리고 비안개가 낀 먼 산을 바라보며 한참이나 웃었다. 33개월 된 아이의 천진난만한 말!

그날 규성이의 말은 연속 홈런이었다. 집으로 향하는 길에 녀석에게 예쁜 장화를 하나 사 주려고 국도변 시골 장터 안전한 곳에 차를 댔다. 할아버지가 규성이를 돌보기로 하고, 할미가 신발가게로 장화를 사러 간 사이에 마침 아비로부터 전화가 왔다. 상황을 설명

하느라고 이렇게 말했다.

"음, 그래 애비야! 지금 규성이에게 장화를 하나 사 준다고 할미는 시장에 들어가고 규성이는 할아버지와 차에서 기다리고 있다. 여기가 ○○읍내야, 읍내!"

그렇게 말을 하고 전화를 끊자, 녀석이 갑자기 노래를 하는 게 아닌가.

"음매~ 음매~ 송아지! 삐악~ 삐악~ 병아리!"

나는 참으로 우스워서 혼자 파안대소를 했다. 그리고는 아비에게 조금 전의 일을 급히 전화 문자로 날렸다. 녀석은 할아버지가 제 아비에게 '여기가 ○○읍내야, 읍내!' 하는 소리를 듣고는 '음매야 음매!'로 들은 것이고 놀이방에서 배운 동요를 부른 것이었다.

할미는 고것이 귀여워서 어쩔 줄을 모른다. 시골집에 거의 도착해서는 다시 슈퍼에 들러 규성이를 위한 '장조림'용 쇠고기를 사가지고 와서 정성을 다하여 장조림을 만들었다. 밥을 곧잘 먹기 시작한지라, 밥 좀 잘 먹게 하려고 장조림 만들기에 가진 솜씨를 다 부리는 모양이었다. 많이 먹고 어서 커야지!

손자가 먹기 좋게, 꼭 성냥개비 굵기로 장조림 살을 찢으며 앞에 앉아 있는 녀석에게 한 점 집어 제비 주둥이 같은 입에 넣어 주니, 먹고 난 뒤에 맛이 좋은지 자꾸만 더 달라고 했다. 혹시 아이에게 짭짤한 것을 너무 먹이는 게 아닌가 하여 할미가 한마디 했다.

"규성아 너무 짜다. 반찬으로 먹는 거야. 그만 먹어라!"

할머니의 그 말에 녀석은 즉각 대차게 응대 했다.

"안 짜!"

^^ 발음도 정확하게 '안 짜!'였다. 더 달라는 말이었다. 더 먹고 싶다는 의사 표현을 어떻게 그렇게 했을까? 이건 거의 어른의 반응이 아닌가 말이다.

몰래 몰래 크는 아이들

할아버지는 그래도 건강이 웬만하여 아이를 쉽게 감당하지만 할미는 고것이 눈에 밟혀도 늘 힘에 부쳐서 선뜻, 책임지고 며칠 봐 주겠다는 말도 못하고, 아비 어미와 외할머니가 봐 주시는 틈에 잠시 상면하고 감상하는 게 고작이었다.

그런데 규성이가 여름이 되면서 어느새 많이 크고, 말도 많이 늘어 어느 정도의 의사표시가 가능해졌다. 어미와 떨어져 며칠 정도 봐줄 엄두가 나기 시작한 거다. 그 무렵에는 며칠을 못 만나다가 만나면 아이들이 부쩍 큰 느낌이 들었다. 며칠 새 정말 그렇게 많이 컸는지 아니면 빨리 컸으면 하는 할아버지 할머니의 소망인지 모르겠지만, 할아버지에겐 그저 부쩍부쩍 자라는 느낌이었다. 만나서 녀석을 덜렁 안아 보면 매번 느낌이 다른 것 같았다.

그러나 그 무렵 어미 아비에게 확인한 녀석의 신체 발달 상황은 딱 '표준' 정도라고 했다. 표준보다 더 크지도, 더 작지도 않은 체격이라고 했다. 그런 말을 들으면 할아버지 할머니는 은근히 속상했다. 표준보다 좀 더, 아니 훨씬 더 클 것이지!

하지만 두고 보면 알겠지만 우리 규성이는 앞으로 키가 많이 클 것이다. 할아버지의 이런 예측을 기억했다가 나중에 맞나 안 맞나 보기 바란다. 무슨 근거로 그런 예측을 하느냐 하면, 녀석의 '발'을 보면 알 수 있다. 어릴 적 아이들의 '발' 크기는 말하자면 그 아이가 가지고 있는 '성장 잠재력'을 가늠할 수 있는 '기초 공사'에 해당하기 때문이다. 발이 길면 키가 클 아이이고, 발이 실팍하면 몸이 단단하게 클 아이라고 보면 과히 틀리지 않을 것이다. 규성이의 발을 관찰해 보면 녀석은 키가 꽤 클 것이 분명하다. 이것도 할아버지의 소망이 섞인 예측인가? ^^

규성이를 안아 주다 보면 몸무게가 부쩍부쩍 느는 느낌인데, 솔직히 할아버지 팔 힘이 예전 같지 않아서 그렇기도 하다. 요즈음 녀석을 안고 10여 분만 어정어정 해도 팔이 아플 정도다. 귀엽긴 해도 오래 안고 있기가 힘들어 안타까운데, 팔 힘이 더 약한 할미는 더 말할 것도 없다. 할미는 어쩌다 무리를 해서 녀석을 좀 안고 논 날은 밤새 끙끙거리며 앓는 주제였으니까.

만약 건강이 웬만큼만 허락된다면 할미는 아마 누구에게 손자를 맡기려 하지도 않을 것이다. 할아버지와 할머니는 가끔 말했지. "외할머니 참~ 힘드시겠다!"라고.

그런 할미가 이제 막 말문이 트인 규성이를 한 없이 감상하며 노는 모습을 보고 있노라면 녀석을 정말로 눈에 넣을 듯 사랑하는 모습이다. 물론 이 세상 모든 할머니의 마음이 다르지 않겠지만.

규성이는 놀 때 누가 함께 놀아주면 더 좋아하지만 꼭 누구를 귀찮게 하지 않고 혼자서도 잘 논다.

"슝~ 슝~~! 부릉 부릉~!"

"비끼세여~!"

"네, 고마쯤미다!"

자동차 등 장난감 놀이를 할 때는 말 연습을 하는지, 혼자 중얼거리고 '대사'와 '효과음'까지 내며 잘 논다.

화계산 산골 할아버지 집에 온 그날도, 녀석은 거실 미닫이를 이리저리 밀고 끌며 EBS 인기 애니메이션 프로그램인 '토마스와 친구들'을 흉내 내는 기차놀이를 하고 있었다. 할아버지는 그게 귀여워서, TV에서 본 토마스 기차 모양(검은 연기를 뿜으며 달리는)을 한지에 그려서 미닫이에 붙여 주었다. 기차는 두 대를 그렸다. 한 대에는 '이규성'이라고 쓰고 또 한 대에는 '이지한'이라고 썼다. 기차 그림은 길게 미닫이 아래쪽에 붙여 놓았으므로 미닫이를 열고 닫으면 마치 '토마스 기차'가 레일 위를 달리는 형상이 돼 재미를 느끼게 했다.

이제 손자들이 올 때마다 새로운 놀이 프로그램을 만들 생각이다. 시골에서만 볼 수 있는, 그리고 할아버지와 할머니에 대한 추억이 담겨 있는 놀이들로. 녀석들이 흥미 있게 놀면서 만져보고, 만들어보고, 망가뜨려보고, 생각하고, 즐기고, 감응하고 그러는 사이에 뭔가 스스로 느낄 수 있는 놀이프로그램을 만들어 주고 싶다.

할머니는 '사돈'과 통화 중

그 얼마 후인 7월 하순, 장마가 끝났는데도 집중 폭우가 며칠째 쏟아진 적이 있다. 마침 어미가 직장일로 한 열흘 해외 출장을 간 사이였다. 그동안 외할머니와 외할아버지가 직장 일에 허덕이는 딸과 사위의 사정을 생각해 손자들을 도맡으셨는데, 어미가 회사 일로 멀리 우즈베키스탄과 두바이로 여러 날 출장을 가니 우리 할미가 규성이를 돌보기로 '비장한 각오'를 했을 때이다.

할미는 체력은 생각하지도 않고 규성이를 며칠이나마 독차지 할 생각에 마냥 신이 나 있었다. 할아버지와 또 인천에 사는 이모할머니, 안양에 사는 이모할머니들을 믿는 것 같았다.

규성이를 떠맡은 첫 주말! 마침 그 주말에는 아비까지 모두 화계산 시골집으로 모였다. 일요일에는 외할아버지 외할머니도 초대하기로 했다. 이렇게 되면 또 은근히 신난 사람은 시골집을 외롭게 지키고 있던 할아버지였다.

사돈 내외를 오십사 한 것은 손자들 보시느라 힘드신 두 분께 농사지은 옥수수와 감자 부침개나 준비해서 막걸리나 한잔 대접하며 사돈 내외의 노고를 위로해 드리려는 생각이었다.

그런데 그날 오전, 사돈 내외가 분당에서 출발하시기 전에 우리 할미가 외할머니와 통화를 하는 순간이었다. 할미는 사돈을 반기며 '하이 톤'으로 '사돈!' 어쩌고 반갑게 통화를 하고 있었다. 그 모습을 지켜보고 있던 할아버지는 할머니가 지금 누구와 통화를 하고 있는지 규성이가 알까 하는 호기심에, 녀석에게 살짝 물었다.

"규성아, 할머니가 지금 누구와 전화하고 있지?"

내 예상은 '할머니가 누구와 전화를 하고 있는지 전혀 모르거나' 알아도 '외할머니!'하는 답을 최선이라고 생각하고 물어 본 것이다. 그러나 규성이의 대답은 우리를 포복절도하게 만들었다.

"사돈!!"

우리는 그 대답에 얼마나 유쾌하게 웃었는지 모른다. 녀석이 두 할머니들이 만나서 사돈 간에 이야기를 하며 '사돈' 어쩌고 하는 말을 들은 적이 있겠지만, '사돈'의 의미를 알지도 못할, 34개월 된 녀석의 대답으론 참 기절할 명답이었다. 맞는 말이다. '사돈끼리'의 통화였다. 그런데 그 며칠 후(어미는 아직도 해외 출장 중)에 서울 집에서 할미와 함께 놀고 있는 녀석을 만났을 때, 할아버지가 시치미를 떼고 슬쩍 물어봤다.

"규성아, 사돈은 지금 어디계시지?"

녀석은 즉시 대답했다.

"분당!"

정답이었다. 할아버지와 할머니는 다시 한 번 파안대소했다. 그러고 보니 역시 분당 할머니가 할미의 '사돈'이라는 것을 확실하게 알고 있다는 것을 확인한 셈이다.

그 무렵 지루한 장마는 지났지만 장마 이상의 호우가 연일 계속되는 나쁜 날씨가 이어졌다. 비만 오는 게 아니라 대기가 불안정하여 번개와 천둥 그리고 낙뢰까지 있어 집에 있어도 천둥소리에 자지러질 정도였다. 서울 아파트에 할미와 규성이가 함께 있었던 날의 일이다.

'꽈당! 와지지직……!'

천둥이 치고 곧이어 강한 비가 쏟아지자 손자 녀석이 말했다.

"함머니, 어, 하늘에서 쾅쾅 어, 노크를 하니까요, 문이 부서져서 비가 많이 와요!"

오? 오, 그래 맞다! 하늘에 비구름이 얼마나 꽉 찼는지 우르릉 쾅쾅 조금 큰 노크소리에 와르르 무너지듯 비가 쏟아지는 꼴이다. 아하, 규성이는 글을 쓰는 할아버지도 비유해 보지 못한 대단한 표현을 했다! '쾅쾅' 노크 소리에, 하늘에 있는 문이 부서져 비가 온다는 표현을 하다니…….

할아버지의 작전

2011년 여름이 지나가는 8월 하순 어느 날, 어미가 야근을 해야 하는 등 직장 일 때문에 그 주말에는 손자 녀석들을 '우리'가 봐 줘야 할 상황이었다. 늘 봐 주시는 외할머니와 외할아버지는 금요일까지 내내 고생을 하셔서 주말은 쉬셔야 하는 판이다. 그러나 '우리' 라고는 했지만 할아버지는 이미 사람 만날 약속이 있고, 하필 그 주말에 김장농사 보식(죽은 배추 모종을 골라서 뽑아내고 다시 심는 일)을 때맞춰 해야 하기 때문에 도저히 서울에 갈 수가 없었다. 할미가 혼자 감당해야 할 상황이었다.

기운이 약한 할미는 궁리 끝에 할아버지의 도움도 청할 겸 아비와 함께 아이들을 차에 태우고 시골집으로 달려 왔다.

이 무슨 '횡재'인가! 손자 녀석 '둘'이(우리 끼리 있을 때는 '두 마리'라고도 한다. 강아지니까!) 모두 시골집으로 오다니……. ^^

어쩌다 이런 기회가 왔지만, 할아버지는 참~ 잘된 일이라고 생각했다. 규성이는 시골집을 좋아한다. 이게 모두 할아버지와 할머니의 '작전'대로 되어 가는 과정이라고 생각하니 더욱 기분이 좋다. 시골집에서 놀기를 좋아하는 규성이가 시골을 점점 더 좋아해서, 차츰 학교를 다니면서도 학교와 학원 공부에 눌리고 시달릴 때도 시골집을 자주 오가며 마음을 위로 받고, 또 장성한 후에는 규성이가 자연을 배우고 사랑해서 설령 도시에서 살더라도 항상 자연을 그리워하고 가능하면 자연 속에서 살고 싶어 하기를 바라는, 이것이 할아버지와 할머니의 작은 소망이니까. ^^

할아버지와 할머니의 그런 소망을 위한 '작전'은 특별한 것이 아니다. 할미와 둘이서 전부터 소곤소곤 의논한 건데, 손자들이 시골집을 자주 오게 하기 위해서 어려서부터 시골에 대한 거부감이나 두려움을 없이 하고 오히려 자연에 대한 이해심을 길러 줘 '재미'를 느끼게 해 주자는 생각이었다.

시골은 서울보다 더 덥거나, 더 춥거나, 위험하거나, 더럽고 냄새가 나거나, 재미가 없는 곳이 아니라는 것을 느끼게 해 주어야겠다는 생각이다. 흙을 자연스레 만져 친하게 하고, 맨발로 밭을 밟게 하고, 개장을 드나들게 하고, 개구리를 만지게 하고, 어둑할 때가지 밖에서 놀며 산골의 어둠을 익히게 하겠다. 꽃을 심게 하고, 감자 고구마를 캐게 하고, 굼벵이와 지렁이를 보여 주고, 장화를 신고 숲을 걷게 하겠고, 썩은 나뭇가지를 주워 불을 피워 보게 하겠다.

그러는 사이 저희들도 모르게 시골집에는 꽃과 나무가 많아 아름답고, 산새소리 물소리 바람소리를 들으며 행복하다는 것도 알게 해 주고 싶다. 그리고 어미와 아비에게는 아이들이 놀기에 안전하기도 하며, 자연 속에서 살면 건강해질 수 있고, 무엇보다 아이들에게는 재미있는 일들이 대단히 많다는 것을 느끼게 해 주고 싶다. 그리고 이 계획은 이미 진행 중!

규성이가 오면 할미와 할아버지는 특별한 마음으로 아이들을 사랑하고 토닥여 주며, 시골에 온 프리미엄을 잔뜩 느끼게 해 주려고 노력하기로 했다. 아마 그 결과로 아직 세 살도 안 된 녀석의 마음을 사로잡을 수 있게 됐으니 출발이 괜찮은 셈이다.

소망 하건대는 이 메마르고 거친 현대를 살아가며 규성이와 지한이가 자연 속에서 놀며, 자연을 느끼고 배워서 생명의 소중함을 알고, 자연을 닮아 마음이 넓어지고, 가끔 경쟁을 잊고 멈춰 생각이 여유롭고, 사랑을 알고, 양보를 알고, 그리고 참고 기다릴 줄 알며, 순응할 줄 아는 사람이 된다면 할미와 할아버지는 더 바랄 것이 없겠다. 아니다, 더 바랄 것이 없는 그런 정도면 '완벽'한 사람이니, 그게 욕심이라면 그 소망의 절반쯤만이라도 이룰 수 있다면 좋겠다. '절반쯤' 그 정도는 손자들을 위해 소망해도 좋지 않겠는가.

인류문화사에 빛을 보인 많은 현철, 문호들이 거의가 다 어린 시절은 물론 어른이 되어서도 대자연이나 전원에서 살았던 것은 우연이 아니다. 또한 큰 지도자들 대부분이 어린 시절에 가공 되지 않은 자연 속에서 놀고 배우며 성장했다. 그것은 부족함과 어려움을 이겨내는 인내와 거대한 자연에서 체득한 넉넉한 마음을 가진 사람으로 성장했기 때문이리라. 이제 좀 더 커 보아야 알겠지만 지금의 규성이를 보면 마음이 여리고 감수성이 예민하고 관찰력이 좋은 아이라는 생각이 드는데 대자연은 우리 손자들에게도 위대한 선생님이 될 것이라고 생각한다.

대문호가 되거나 예술인이 되거나, 장차 무엇이 되고 어찌 될지는 아직 알 수도 없으나 적어도, 못나게 '치우친' 사람으로 크지 말고, '모질지 않은' 심성으로 자랐으면 좋겠다는 생각이다.

그런데 걱정이 있다. 큰아이가 취학 할 무렵에 아비 어미의 예정된 직장 이동에 따라 할아버지 할머니 곁을 떠나 지방 대도시인 경상남도 울산시로 떠나도록 예정되어 있다. 정부의 공기업 지방 이전 계획이라 어쩔 수가 없다. 하지만 떠나기 전 함께 자주 만날 수 있는 동안이라도……!

그리고 알 수 없다. 앞으로 또 아이들의 교육환경에 어떤 변화가 올지는.

그날, 2011년 8월 27일에 두 손자가 들이 닥쳤을 때 할아버지는 얼마나 좋던지! 시골집으로 올 것이라는 예고가 있어서 흙장난을 할 수 있도록 장난감 포클레인을 꼭 가지고 오라는 전갈도 미리 했다. 왜냐면 시골에서 자란 할아버지의 추억으로는 '물장난' '불장난' '흙장난'이 모두 재미있지만 그중에도 때와 장소를 가리지 않고 재미있게 할 수 있는 '흙장난'이 잊히지 않는 으뜸 장난이기 때문이다. 비싼 장난감이 아무리 많아도 흙장난의 즐거움을 당할 수 없을 것이기 때문이다. 물론 지금도 흙 만지기를 좋아하는 할아버지 생각이겠지만. ^^

할아버지는 손자들이 서울에서 출발했다는 전화를 받고, 아침부터 산벚나무 아래 마당을 곱게 쓸어 조락(일찍 시들어 떨어진)한 낙엽도 모아 놓고, 모래와 흙도 따로 모아놓았다. 규성이가 도착하면 장난감 포클레인으로 실제로 흙을 퍼서 옮기는 놀이를 신나게 해보도록 할 셈이다. 실물과 흡사하게 만든 장난감 포클레인으로 거실 바닥을 파는 시늉만 하던 서울 집에서의 놀이와는 비교가 안 될 터이다.

그리고 여름이지만 모닥불을 늘 피워 놓아, 혹 '불장난'을 하게 되면 마른 나뭇잎을 태워 보게 하려고 준비를 했다. 낙엽을 태워서 그 낙엽 타는 냄새를 맡게 하면 차츰 그 냄새를 기억할 수 있지 않을까 하는 조금은 낭만적인 생각으로!

할아버지의 마음은 이렇단다. 아직 '세 돌'도 지나지 않은 손자인데.

할아버지의 예상대로 규성이는 시골에 도착하자 집안 보다는 밖에서 놀기를 좋아했다. 녀석은 목소리가 높아지며 아주아주 신명이 났다. 할아버지가 미리 모아 놓은 모래와 흙더미를 포클레인으로 퍼서 이리도 옮겨 보고 저리도 옮겨 보는 놀이는 여간 신나는 일이 아닌 듯했다. 거기에 할아버지가 장단을 맞추고 '앵~앵~!' 포클레인 효과음을 내며 훌륭한 조수 노릇을 하니 더 말할 것이 무엇인가!

할미는 그 시간에 갓난쟁이 둘째 지한이와 씨름을 하느라 집안에서 끙끙거리고 있었다. 8개월이 채 안 된 둘째는 튼실하여, 안고 봐주기가 녹녹하지 않다. 그럴 때마다 할미는 외손자들을 맡아 돌봐주시는 외할머니와 외할아버지께서 고생이 많으시겠다는 생각을 잊지 않는다.

재미있는 발음

"하바야지!"

'하바야지!'는 그 무렵에 규성이가 '할아버지!'를 부르는 말이다. 규성이는 말문은 조금 늦게 열렸지만 말이 빠르게 늘어갔다. 어휘가 부쩍 늘고, 발음이 조금 더 명확해지고, 문장 구성이 어느 정도 정연해짐을 느끼겠고, 가끔은 그 표현이 '섬세하다'는 것을 느꼈다.

그런데 어휘를 습득하는 과정에 아직 '4음절'의 말에서 어려움을 느끼는 모양이다. '할아버지' 호칭도 4음절이라서 발음이 어려우니까 수월하게 '하바아지' 혹은 '하바야지'로 한다. 게다가 아직 혀의 놀림이 불확실해서 유음流音 '르' 발음을 제대로 못하는 유아의 발음 특징도 보인다. 이를테면 할아버지는 하바야지, '우리'는 '우이', '바람'은 '바얌', '그래요'는 '그애요', '할머니'는 '함미' '할미' 혹은 '함머니'로 편리하게 말한다.

유음인데다가 4음절이라서 어렵겠지만 '할아버지'라고 제대로 가르쳐 보려는 시도도 해 보았다. 녀석을 만날 때마다 여러 번 차근차근 바르게 가르쳐 봤지만 녀석은 계속 '하바야지'다. 어려워도 말을 배울 때 바른 발음을 가르쳐야 한다는 내 직업적 소신 때문에 그런 노력을 한다. 하지만 손자가 편하게 부르는 '하바야지!'는 그래도 사랑스러워서 그냥 '응~~~!' 하고 정답게 대답을 하곤 한다.

그래, 나는 규성이의 '하바야지'가 됐다. 이제 말을 배우고 시작한 네가 '하바야지!' 하고 부르는 소리를 듣는 것만 해도 그 얼마나 사랑스러우냐!

혹, 네가 말을 못하거나 할아버지가 듣지를 못한다면
얼마나 가슴 아프고 안타까울 것이냐.
그러니 모든 것이 감사하고 행복하기만 하다.

녀석은 또 '왜?'를 '매'라고 말한다. 그래서 '왜 그래요?'를 '매 그애요?'라고 한다. 할아버지가 뭔가 하는 걸 보면 옆에 붙어서 꼭 의문을 나타내는데, 약간은 심각한 얼굴로 궁금한 표정을 짓고 "하바야지 매 그애요?"라며 속눈썹이 긴 눈을 껌벅인다. 그럴 때는 정말이지 기절할 정도로 귀엽다. 아이고, 귀여운 우리 집 강아지!

이 시기에 둘째 지한이는 저난도의 '뒤집기' 기술에 이어, 중난도의 '앉기' 그리고 고난도의 '기어 다니기'에 도전해 총력을 기울이며, 먹고 싸는 위대한 과업을 씩씩하게 수행해 나가고 있다.

녀석은 아직 먹고 자고 벙글벙글 웃기가 생존기술의 전부이다. 그러나 '굼벵이도 구르는 재주가 있다.'라는 말처럼 우유를 잔뜩 먹고 나서나, '뼈대 뼈대'를 하며 기저귀를 갈아 차고 기분이 좋게 누워있을 때 외할머니가 녀석을 내려다보며 '지한이, 탕!!' 하고 명령하면

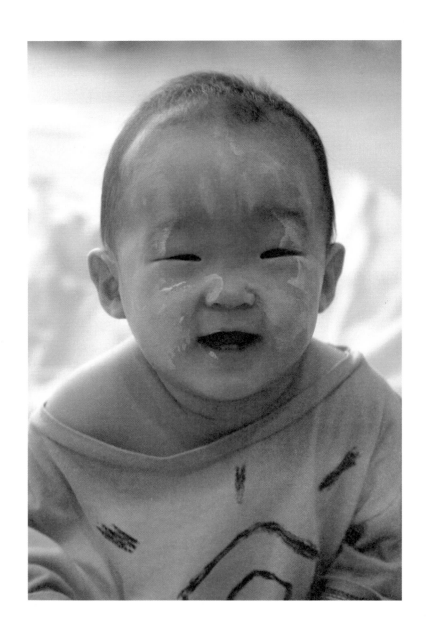

토실토실한 다리를 번쩍 들었다가 깔개 바닥에 '쿵' 내리치는 재롱을 떨었다. 이것이 2011년 여름 상황에 보여준 초고난도의 재롱이었다. 그것도 재롱이라고. ^^ (그 무렵, 녀석을 볼 시간은 일주일에 한 번이 고작이었다.)

한 번은 사돈댁으로부터 지한이의 새로운 재롱을 전해 듣고 녀석에게 시켜봤다.

"지한이, 탕! 지한이, 탕!!"

녀석은 배실 배실 웃으며 포동포동한 두 다리를 번쩍 들어 올렸다가 쿵 내리쳤다. 새로운 서커스 단장의 명령에도 어김없이 재주를 보여 주었다. 외상도 덤도 없이, '구령' 한 번에 '쿵' 한 번씩만 보여 주었다!

그런 '초고난도'의 재주를 새롭게 볼 때마다 작은 녀석을 자주 볼 기회가 적다는 것이 아쉽고, 그래서 보고 싶은 은근한 마음은 자꾸 커져 갔다.

그런데, 이상한 것이 있다. 예전부터 유아들의 다리(뼈마디)를 주무르며 두 다리를 곧게 뻗도록 유도하는 말인 '뼈대' (또는 '뽀대')의 올바른 표기가 어떤지 궁금해서 국어사전을 찾아보았으나 확인할 수가 없었다.

다리를 '뻗다'를 원형으로 해서 만든 명사이겠는데, 표제어로 올라 있지 않다니 이해하기 어렵다. '곤지곤지' '짝짜꿍' '죄암죄암'도 모두 있는데 '뼈대' 말고 '뼈데'나 '뽀대'나 '뻗애' 혹은 '뻗에' 등을 모두 찾아보고, 부드러운 소리 '벋다'의 파생어도 모두 찾아보았지만 유사한 것조차도 발견하지 못했다. 어찌된 일일까? 조금 궁금하다. ^^

개똥참외

그 무렵 아비의 결정으로 시골집에 에어컨을 놓게 됐다. 그동안 시골집 여름나기는 복지경(복날이 들어 있는 한 달 가량의 더운 날들)에만 조금 더워, 부채나 선풍기만으로 살았다. 에어컨 설치는 1996년에 집을 지은 지 15년만의 변화다. 이제는 여름 제사(규성이와 지한이의 증조부-'문文'자 '규楑'자 쓰시는 할아버지의 추모일)도 땀 흘리지 않고 지낼 수 있고, 한여름에 손님이 와도 덜 미안하게 됐다.

에어컨을 놓고 보니 지난 15년 동안 여름을 어떻게 지냈나 싶다. 그리고 귀여운 손자들이 '시골집은 시원한 집'이라는 생각을 갖게 될 것 같아서 그 또한 다행이라는 생각이다.

지한이는 시원한 거실에 누워 벙글거리고 있고, 시골을 좋아하는 규성이는 마당 한편 산벚나무 아래서 할아버지를 조수로 두고 장난감 포클레인과 흙장난을 하고 있다. 녀석의 노는 모습을 관찰해보면, 동화책에서 봤거나 놀이방을 오가며 거리에서 본 작업 광경을 이야기하며 노는 것 같았다.

그해 여름에 시골집 현관 앞 돌계단에 놓여 있는 허브 화분에는 몰래몰래 '개똥참외'가 한 포기 자라고 있었다. 그것을 뒤늦게 본 할아버지는 그 개똥참외를 화분에 난 잡초로 생각해서 뽑아 버리려고도 했었다. 그러나 '어쩌다 그런 비좁은 화분에 씨가 떨어져 고생일까' 하는 생각에 가련해서 가끔 물도 주고 거름기 있는 흙을 긁어다 웃거름으로 주기도 했다. 그랬더니 '보은'이라도 하려는 듯 그 작은 덩굴에 규성이 주먹만 한 참외가 세 개나 달렸다. 예전부터 일컬어온 '개똥참외'인 것이다!

'개똥참외'는 초여름에 참외를 먹고 아무 데나 버린 씨앗에서

-(옛날에 시골에서는 산이나 들에서 놀다가 급하면 아무 데나 용변을 보던 시절이

있었는데 참외를 먹고 용변을 보고 나면 결과적으로 거기에 씨앗이 떨어진 셈이 된다.)

- 싹이 트고 자라는 것인데, 덩굴 뻗음이 시원찮고 열매가

매우 작으므로 밭에 제대로 심고 가꾼 것과 구분해서 그렇게

'개똥참외'라고 부른다.

어쨌건 '참외'를 좋아하는 녀석에게 그 참외가 화분에서 자라게 된 이유를 차근차근 설명해 주었다.

"규성아, 참외는~ 원래 밭에 씨앗을 심고 가꾸어서 노랗게 익으면 먹는 것인데~ 참외 씨가 화분에 떨어져 이렇게 화분에 참외가 열렸구나! 알았지, 우리 규성이?"

알아듣고 이해를 하는지 어쩐지는 알 수가 없다. 그리고 그것이 중요한 것은 아닐 것이다. 세상에 태어나 처음 보는 '개똥참외'에 대한 설명을 그 나이에 정말로 이해하기는 어려울 것이지만, 그래도 할아버지는 그렇게 설명을 해 준 것이다.

참외가 노랗게 익으면 할아버지 할머니, 외할아버지 외할머니, 아빠 엄마, 규성이 지한이랑 같이 먹자고 굳게 약속했다.

포클레인으로 흙장난을 하며 놀다 잠시, 잠시 쉬는 시간에는 규성이의 갖가지 질문이 할아버지에게 쏟아진다.

(지난번에 왔을 때처럼) 녀석이 갑자기 옥수수를 먹고 싶다기에 올해 농사지은 옥수수는 이제 끝났고 그 자리에 배추를 심었으니 (역시 이 말의 뜻을 알아들을까도 의아했지만 무작정 설명을 했다.) 내년 봄에 다시 옥수수를 많이 심고, 할아버지가 잘 길러서, 여름에 규성이가 옥수수를 먹을 수 있게 해 주겠다고 했다. 그리고는 말했다.

"그러니까 옥수수를 먹고 싶어도 많이 기다려야 하는 거야!"

"어!"

"'어'가 아니고 '네'라고 해야지?"

"어!"

아이쿠!

어쨌든 규성이는 알았다고 대답을 해 놓고는 조금 뒤에 또 반복해서 "옥수수를 먹고 싶다."라고 했고 할아버지는 또 똑같이 반복해서 설명을 해 줬다. 어쨌건 할아버지는 내년에 분명히 약속한대로 옥수수를 심을 것이다. ^^ 이렇게 손자들에게 이 자연 속에서 '기다림'에 대해 배우게 하려고 한다. 아무리 보고 싶고, 갖고 싶고, 아무리 옥수수가 지금 당장 먹고 싶어도 자연의 이치에 따라 기다리지 않으면 안 되는 이유를 터득하게 하고 싶다. 지금 규성이 나이와 어

63

휘로는 매우 이해하기 어려운 설명이라는 걸 알고 있어 안타깝지만, 규성이는 알아들은 것 같기도 했다. 더 이상은 '옥수수를 먹고 싶다.'라고 조르지는 않았으니까.

그 대신 장난감 포클레인으로 흙장난을 하며 혼자 떠드는데 가만히 들어보니 조금 전에 현관 앞 돌계단에서 할아버지로부터 설명 들은 '참외'에 대해 이야기를 하고 있었다. 놀라웠다.

그런데 뭣이 잘 안 되는지 혼잣말로 '오 마이 갓!'이라고 말하는 게 아닌가. 오호, '영어'를 했다! '영어'를? 할아버지는 그저 놀라 어리둥절했다.

"규성아, 뭐라고? 오 마이 갓?"

"오 마이 갓!"

"규성아 그 말 누가 가르쳐 줬지?"

"노(놀)이방 선생님!"

그러나 나중에 아비에게 확인 했더니 영어권에서 자란 제 이모님이 말하는 것을 듣고 따라했다는 것이다.

할아버지는 매우 흥미로워서 녀석에게 물었다.

"규성아, '오 마이 갓!'은 어떤 때 쓰는 말이지?"

녀석은 조금 머뭇거리더니 곧 대답을 했다.

"음, 음~ 나쁘(뻘) 때!"

아하, 녀석은 '오 마이 갓!'의 쓰임을 정확히 알고 있는 거였다. 35개월짜리의 생각이었다. 그렇다면 개똥참외와 옥수수에 대한 설명도 이해하고 있다는 말인가? 그렇겠지?

답답한 하바야지

마당 한 가운데는 모닥불이 계속 타고 있었다. 할아버지는 일찍 떨어지는 낙엽을 쓸어 태우느라 아직 '더운' 날씨인데도 자주 모닥불을 피운다. 규성이는 할아버지가 하는 대로 따라서 조락한 낙엽을 모으고, 나뭇더미에서 나뭇가지를 주어다가 모닥불에 던져 넣기를 좋아한다. 그러다가 녀석은 나뭇더미 주변에 굴러다니던 고기 굽는 석쇠철망을 발견했다. 녀석이 그냥 지나칠 리가 없었다.

"하바야지, 어~, 이거 머예요?"

"음~ 그거, 고기 굽는 철망! 석쇠!"

"고기? 하바야지, 나 어~, 고기 좋아하는데!"

'좋아하는데'는 고기를 구워 달라는 소리, 즉 '먹고 싶다'는 말이다. 그러나 그 말 한 마디에 당장 고기를 사 올 수도 없고 숯불을 피울 수도 없지만, 녀석의 생각을 무시할 수도 없었다.

"그래? 음, 우리 규성이, 다음에 오면 고기 구워 줄게~!"

그렇게 말하고는, 얘기가 끝난 줄 알았더니 녀석은 저 혼자 자꾸만 뭐라고 똑같은 말을 반복하고 있었다.

"나 안는데, 나 안는데!"

녀석이 뭐라고 말하는 걸까? '나 안는데? 나 안는데?' 도대체 무슨 소린지 알 수가 없었다.

"규성아, 뭐라고?"

그랬더니 녀석은 언성을 조금 높이고 제 가슴을 톡톡 치며 답답하다는 듯 말했다.

"나! 안는데~!"

"안는데?"

아하, '나 왔는데~~~!' 즉 규성이가 '지금 와 있는데' 지금 고기를 구워 주면 되지, 할아버지는 답답하게 뭘 '다음에 오면 구워 준단 말입니까?' 그런 말을 하고 있었던 것이다. 오호호호…… 그래 맞다. 규성이가 지금 할아버지와 같이 있는데, 규성이가 다음에 오면 고기를 구워 주겠다니 정말 할아버지는 답답하구나!

그래도 차근차근 지금은 이러저런 이유로 어렵고 규성이가 다음에 또 오면 그때는 꼭 고기를 구워 주겠노라고 설명하고 약속하는데 성공했다. ^^

인정 많은 녀석

규성이는 어린것이지만 그 말과 행동을 보면 인정이 많은 아이다. 그날 할아버지가 밖에서 일을 하다가 손가락에 아주 작은 가시가 박혔다. 대단치 않아서 참고 있다가 밤에서야 바늘로 따고 가시를 파내느라 끙끙거렸다. 가시를 파내고는 마무리로 소독약을 바르고 일회용 밴드를 감고 잠자리에 들었다. 할아버지가 가시를 파내는 그 과정을 규성이가 안타까운 표정으로 다 봤다.

그런데 다음날 아침, 밴드를 감고 잔 할아버지조차 그까짓 가시 파낸 일쯤 잊고 있었는데 아침잠에서 깨어난 규성이는 할아버지를 보자마자 또렷하지도 못한 발음으로 말했다.

"하바야지, 다 났어요?"

처음엔 발음 때문에, 그게 무슨 소린가 했다. 그래서 녀석에게 되물었더니 할아버지 손가락 '아야'가 다 나았느냐는 말이었다. 녀석 말뜻을 이해한 순간 할아버지는 정말 가슴이 뭉클했다. 고놈, 밤새 자면서도 할아버지 손가락이 걱정이었나? 그래, 우리 규성이는 인정이 많다……. 아무렴 그래야지. 네 아비가 그랬단다. 아비는 어려

서부터 잔정이 많았단다. 그 점은 아비를 닮은 모양이다. (어미에게 미안
하지만 어미 어린 시절은 할아버지가 모르니까.)

　작은 녀석 지한이는 그럼 어떤 아이일까? 작은놈도 그런 면에서
아비를 닮았을까? 그 또한 궁금하다. 그리고 기대된다.

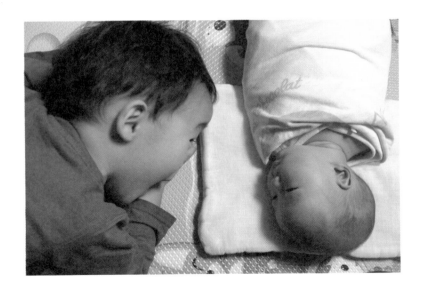

이발

2011년 9월 29일, 비가 내리는 아침이다. 초가을 비가 제법 많이 내린다. 어젯밤 반포에서 규성이 세 번째 생일을 축하하고, 이발소가 아닌 집에서 녀석의 길어진 머리를 깎아준 뒤 밤을 도와 시골집에 내려 왔다.

규성이의 머리 깎기는 태어나서 두 번째이다. 생애 첫 '기념 이발'은 아비 어미가 이발소에 데려가서 깎았지만 두 번째 이발은 아비의 희망에 따라 할아버지 솜씨로 규성이네 집에서 깎아 주기로 한 것이다.

할아버지에게는 규성이의 증조할아버지 증조할머니를 이발해 드리던 이발기구가 한 벌 있었다. 1996년에 증조할아버지, 2007년에 증조할머니가 세상을 떠나신 후로는 그 이발 기구를 쓸 일이 없어서 다락에 보관하고 있었다. 그런데 아비가 그걸 생각해 내고는 "아이 머리를 한 번쯤 할아버지 손으로 깎아 주시면 좋겠어요, 아버지." 라고 하여 규성이의 두 번째 머리 깎기를 하게 된 것이다. 할아버지에게도 그리고 규성이에게도 추억거리를 만들어 주고 싶은 아비의 생각일 것이다. 고마운 생각이다. 녀석들의 증조부님께 이발을 해 드리던 기구로 내 손자의 머리를 깎아보는 이벤트, 그거 얼마나 가족의 정이 넘치는 일인가 말이다.

손자들의 머리를 깎을 생각을 하니 여러 해 전 돌아가신 내 아버지와 어머니께 이발을 해 드리던 날들이 생각났다. 그리고 무엇보다 바로 그 이발기구로 머리를 깎아줄 생각을 하니 정말 가슴이 따뜻해 왔다. 그런데 시골집 다락에 있던 이발 기구를 점검해 보니, 여러 해 동안 기계를 안 써서 바리캉bariquant이 고장이 나 있어 그대로 쓸 수가 없었다. 그래서 규성이 생일 전날 서둘러 서울에 올라가 종로 6가에 있는 이발 기구 상회를 찾았다.

20년 전 부모님의 이발을 집에서 직접 할 수밖에 없는 사정이 있어 그 가게에서 이발 기구를 샀는데, 기억에 바로 그때 그 가게였던 것 같다. 세월이 흘러, 지금은 이발 기구 상회 주인의 아들이 대를 이어 장사를 하고 있는 것 같았다.

머리 깎은 이야기는 조금 뒤에 마저 하기로 하자.

규성이 생일은 9월 28일! 전날부터 어미는 직장에서 퇴근하자마자 옷도 갈아입지 못하고 규성이 생일 음식을 미리 만들기 시작했다. 직장일로 시간의 여유가 별로 없기 때문이었다.

다음날 규성이 생일날 아침은 미역국에 밥 한 술로 조촐하게 축하하고, 할머니가 준비한 생일 선물인 대형(?) 트럭과 중장비 장난감이 전달되자 녀석은 거의 흥분상태였다. 특히 '트럭' 장난감은 할미가 얼마 전에 약속한 선물이기도 했다. 기왕에 생일 선물을 할 거면 '약속한 것'을 사주는 것이 좋다는 생각이었다.

저녁 생일상은 할미의 도움으로 아비 어미가 퇴근하는 시간에 맞추어 차렸다. 하루 전에 몇 가지 음식을 했고 이른 아침에 떡집에서 떡이 배달 됐다. 생일날 저녁에는, 국수를 먹어야 명이 길다는 말을 따라 어미가 '국수'를 해 주고, 배정화 고모가 축하 케이크를 사 가지고 와서 덕분에 따뜻하게 생일상을 차렸다.

이만하면 행복한 생일상이지? 규성아 건강하게 자라려마!

옛날이야기 하나 하랴? 할아버지에게도 규성이 같은 어린 시절이 있었겠지? 신기하게도 할아버지는 네 살 때의 일을 조금 기억하는데 할아버지의 어린 시절의 생일에는 떡과 맛있는 미역국을 먹을 수 있다는 기대 때문에 생일날을 무척이나 기다렸단다. 그야말로 생일날이 오기를 '손꼽아' 기다렸으니까. 생일날에는 증조모(할아버지의 어머니)께서 꼭 손수 '떡'을 만들어 주셨는데 '수수떡'을 해 주셨다. 수수쌀은 언제나 증조부께서 직접 농사해서 수확한 것이었지.

수수떡은 경단 형태로 만들어서 팥고물에 굴린 '수수팥떡'과 볶은 콩가루로 고물을 만들어 굴린 '수수콩떡' 두 가지였지. 할아버지 기억에는 두 가지 가운데 수수팥떡이 더 맛있었던 것 같다. 증조모께서는 생일날마다 늘 이렇게 말씀하셨지.

"생일날에는 쌀밥에 미역국을 먹고, 꼭 떡을 만들어 먹여야 넘어지지 않고 잘 걸어 다닌단다. 그리고 저녁에는 국수를 해 먹여야 오래 산단다."

증조모께선 이 할아버지가 '열 살'이 되도록 생일날에는 꼭 떡을 만들어 주셨는데, 생일 떡을 만들어 주시는 까닭과 국수를 먹이는 까닭도 '해마다' 설명해 주셨다. 그 뜻을 해석해 보면 떡은 가난하던 시절에 영양을 보충할 수 있는 기회임을 뜻하고, 국수는 그 가닥이 길어서 '명줄' 같다고 여겨 장수와 연관 지은 듯하다. 아주 과학적이지는 않지만 이런 것은 모두 옛날 어른들의 정성이고 축원이겠지?

그래서 '할머니'도 '증조모님'과 똑같이, 고모와 아비의 '열' 살 생일까지 수수경단(팥 경단과 콩 경단)을 만들어 주었단다. 할머니의 회상에 따르면, 고모와 아비의 생일이 가까워 오면 수수를 한 됫박 사서 가루로 빻아 두고 절반씩 나누어, 반 되는 생일이 먼저인 아비에게, 남은 반 되는 바로 이틀 후에 생일인 고모에게 수수경단을 만들어 주었단다.

어떠냐? 너희들도 또 어른이 되면 너희 아이들에게 그렇게 할 수 있겠느냐?

얘들아, 너희들이 이다음에 커서 이런 이야기들을 읽게 되거든 알고 기억하라고, 할아버지는 너희들 어린 시절의 이런 풍경 또한 자세하게 쓴다. 항상 건강하고 사랑하는 마음을 가진 아름다운 사람이 되어라.

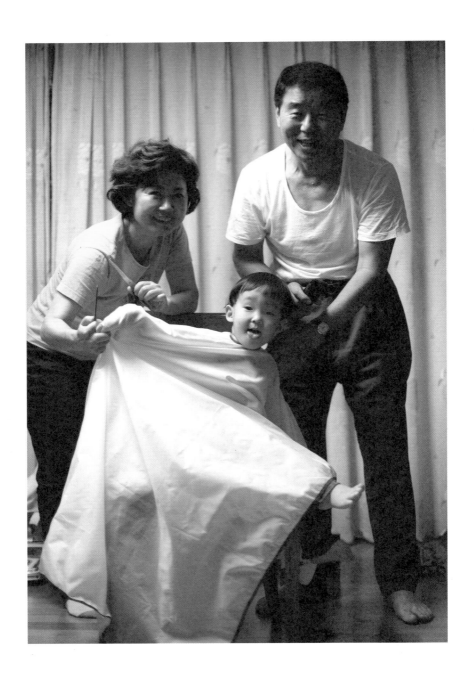

규성이 생일 저녁을 먹은 뒤에 아비의 청으로 녀석 머리를 깎는 이벤트가 있었다. 규성이 증조할아버지와 증조할머니를 이발 해드리던 이발 기구를 시골집에서 가지고 오랄 때는, 서울에 기계를 두고 아비가 수시로 깎아주려는 줄만 알았지 할아버지에게 이발권을 줄은 몰랐다. 왜냐면 혹 할아버지가 손자 헤어스타일을 망그러뜨리면 미안해서 어쩌나 조금은 부담감도 있었다.

그래도 할아버지가 이발사, 할미는 조수노릇을 하며 할아버지와 할머니 둘이서 즐겁게 손자의 머리를 깎기 시작했다. 아비는 이발 과정을 기록한다고 사진을 찍어댔고, 어미는 재미도 있지만 조금은 근심스런 표정으로 구경을 했지.

자세가 안정되지 못한 녀석을 어르고 달래며 겨우겨우 깎아 놓고 보니 대체로 성공적이지 못한 듯했다. 깎고 난 머리 모양이 약간 비대칭으로 보였다. 천정 불빛도 시원찮고 눈도 어둡고, 손자 녀석 이발이 부담됐는지 솜씨 있게 깎지는 못했다. 그래도 이발을 끝내고 머리를 감겨 놓으니 일단 그럴듯한 것도 같고 아닌 것 같기도 했는데 어미가 한마디 했다.

"괜찮아요, 머리는 또 자라니까요."

하하하하……. 어미의 말뜻은 '잘 못 깎았다.'는 판정인 것 같았다. 이를 어쩌지? 하지만 귀엽고 예쁜 우리 규성이 인물이 이발 솜씨에 좌우되겠니? 안 그러냐?

성공적인 이발은 아니었지만, 그래도 예전에 광명시 언덕배기에 살 때, 아비와 고모를 집에서 이발해 주던 그 추억을 떠올리면서 할아버지와 할머니는 재미있었단다.

75

아비와 고모가 "그때 엄마는 바리캉이 아니라 가위만 가지고 우리들 머리에 플라스틱 바가지를 씌우고 뺑뺑 돌아가며 머리카락을 잘라서 도토리 깍지처럼 만들었다."라고 늘 얘기한다. 그래 맞다, 그랬다.

할아버지는 지금도 서너 살 난 아비가 그때 거울을 바라보며 했던 말을 생생하게 기억한다. 할미가 이발 솜씨가 없어 아비 머리를 자꾸자꾸 깎아 올라가서 머리카락이 얼마 남지 않으니까 그렇게 말했지!

"엄마, 전두환 대통령처럼 만들라고 그래?"

우린 모두 폭소를 했지! 아마 '땡!' 하는 시보와 함께 나오던 첫 뉴스 속 대통령 머리 모양을 인상적으로 느꼈던 것 같다.

어쨌거나 규성이 생일날 첫 이발은 재미있는 기념 이벤트였다. ^^

"우리 집에 고래 많아!"

규성이 말은 더 늘었다. 어휘가 부쩍 늘고 문장도 조금 더 길고 복잡해졌다. 그런 말하기 실력으로 아마 놀이방에서는 또래끼리 제집 자랑하기 경쟁이 붙은 모양이었다.

하루는 TV를 보던 규성이가 TV 화면에 고래가 보이자 놀이방에서처럼 혼잣말로 크게 말했다.

"우리 집에 고래 많아!"

할미가 부엌에서 그 말을 듣고 보니 귀엽고 우스웠으나 문제가 없지 않다고 생각했다. 그래서 어쩌나 보려고 따져 물었다.

"규성아, 우리 집에 고래가 어디 있어~?"

할머니 물음에 녀석은 말을 못하고 TV 화면만 바라보더라는 것이다. 짓궂은 할미가 재차 물었다.

"규성아, 우리 집에 고래가 어디 있어~?'

놀이방에서 허용되던 또래끼리의 제집 자랑하기인데, 할머니가 따져 물으시니 난감해졌을 것이다. 과연 규성이는 할머니가 따져 묻는 그 순간에 무슨 생각을 하고 있었을까?

할미는 다시 규성이에게 다정한 목소리로 말했다.

"규성아, 없는 것을 있다고 말하면~ 안 되는 거야~. 없는 건 없는 거야~. 없는 건 창피한 게 아니야 알았지~?"

"……."

할미의 전언에 의하면, 녀석은 입을 '꼭 다물고' 끝내 아무 말도 못하고 자존심을 구긴 상황이었다고 한다. 별 것 아닌 것을 다그쳤나 하는 생각도 들었지만 좋은 교육이었다는 생각이다. 크게 확대 해석할 것까지야 없지만, 웃자고 하는 말로 '3살적 버릇 여든까지 간다.'는데, 규성이 나이가 마침 지금 세 살이 아니던가? ^^

형제

10월 1,2,3일 사흘은 주말과 개천절이 연이어지는 휴일. 모처럼 아이들과 분당 외할아버지 외할머니 그리고 이모네 식구들까지 모두 화계산 시골집에 모였다. 조촐한 야외 소풍 분위기가 만들어졌다. 할아버지는 약주를 대접하며 분당 사돈 내외분께 "손자들 키우시느라 수고가 많으시다."라는 인사를 몇 번이고 거듭 올렸다. 정말 고마운 일이며 수고로운 일이 아닐 수 없으니까.

 어른들의 파티 분위기와는 상관없이 규성이는 며칠 전 할머니로부터 생일 선물로 받은 장난감 트럭과 중장비로 마당 흙을 파고 그 흙을 이리저리 실어 나르느라 신명이 나고 정신이 없었다. 그러나 그렇게 잘 놀다가, 도중에 또래 라이벌이며 이종 사촌인 '채은'이를 잘못 건드렸다가 울리는 바람에 아비에게 엄한 야단을 들어야 했다.

 아비의 야단은 엄했다. 할아버지 할머니가 보기에 아비의 야단에 규성이가 자지러지는 것 같아 얼마나 안쓰럽고 언짢던지……. 그러나 자식의 '안전'과 '교육'을 위한 아비의 고육지책임을 이해하고, 또 확실한 주견이 있을 것으로 알고 넉넉히 이해해야 할 일이라고 생각했다.

하긴 할아버지도 오래전 아비를 키울 때 그렇게 했으니 그때 증조부 마음 또한 그러하셨을 거라고 반성했다.

쌀쌀해진 가을 날씨에 지한이는 잔디밭 양지쪽 유모차에 포근하게 실린 채 아주 길고, 깊고, 평화로운 잠에 빠져 있었다. 지금 평화롭게 유모차 속에 자고 있는 녀석, '사자일까, 사슴일까, 토끼일까?' 조것도 조금 있으면…… 마구 나대겠지?

그날 할아버지들끼리 권하고 마신 막걸리 맛은 아주 특별했단다. 그리고 많~이 마셨지. ^^

최근 지한이의 성장 변화는 혼자서 앉고, 기고, 물건을 보면 움켜잡아 입으로 가져가는 행동을 하기 시작했다. 그리고 젖먹이(이 무렵에는 우유를 먹었다.) 나이지만 슬슬 규성이 형 장난감에 관심을 보이기 시작했다. 형은 그런 동생을 귀여워하면서도 제 장난감을 만지는 것이 신경 쓰이는 모양이다. 하루는, 장난감을 만지지 말라는 형의 경고를 알 턱이 없는 지한이가 형 장난감을 만졌다가 생애 최초로 형님에게 한 방 얻어터지고 자지러지게 울어댔다. 그 구타(?) 사건으로 규성이는 또 한 번 아비로부터 엄중 문책을 당한 사건이 벌어졌다.

그래, 이제 시작이다! 사내아이들만 있는 집에서 일어날 수 있는 사건들이 이제부터 시작되는 거다.

지한이 너 이 녀석, 할아버지가 귀띔해 주는데 명심해라. 규성이 형이 얌전한 편이지만 세 살 터울인 형 밑에서 '둘째'로 살아가려면 스스로 생존 법칙을 익혀야 한다. '아양'도 떨고, 먹을 거 있으면 '조공'도 좀 바치고, '꾀'도 쓰고, 때로는 '굳세어야' 살아남는다!

녀석아, 할아버지의 말씀을 알기나 하느냐?

"굳세어라, 지한아!" 허 허 허 허 허 허.

2

울어도 듣기 좋고,
벙글벙글 웃으니 더 예쁘고
때가 되어 뒤집기를 하니 놀랍고
'따로따로' 서니 장하다.
'말'이라는 것을 하니
참으로 신기하기만하다.
어쩔 수 없는 손자 바보다.

기저귀와 작별 연습

그로부터 한 달쯤은 손자들을 자주 볼 수가 없었다. 녀석들과 동선이 잘 맞지 않아서였다. 어떤 주는 규성이 잠자는 모습만 보거나, 아침에 아비와 어미의 출근시간에 맞춰 함께 놀이방으로 떠나는 모습을 잠깐 볼 정도였다. 분당 외가에 파견된 작은 녀석은 더욱 보기 어려웠다. 그러다가 여러 날 만에 만나면 아이들은 몰래 몰래 크는지 체격도 커지고 재롱도 늘고 얼굴 표정도 야무져 보이는 등, 변화가 많아 보인다.

규성이의 말을 유심히 들어 보니, 그동안 못 보는 사이에 변화가 있었으니 '하바야지'와 '할미'에서, '하야버지'와 '함머니'로 바뀌었다. 발음은 아직 불완전하지만 '할아버지'라는 말은 '하바야지'에서 '하야버지'로 바뀌었고, '할머니'를 부를 때는 2음절의 '함미'에서 3음절의 '함머니'로 발전했다.

규성이는 말에만 변화가 있는 게 아니고 키도 더 큰 것 같았다. 그리고 자세히 보니 할아버지가 솜씨 없이 깎아 준 머리도 좀 자라나서 스타일이 웬만큼 자연스러워졌다. 그리고 무엇보다 아주 반가운 변화가 있었으니 드디어 '밤'이 아닌 '주간'에는 '기저귀' 대신 '팬티'를 입기 시작한다는 것이다. 기저귀와의 절반 독립을 축하한다!

녀석이 '하야버지, 쉬!'라고 해서 화장실로 데려가 보니 기저귀와 잠시 작별하고 앙증맞은 팬티를 입고 있었는데, 팬티를 내려 주고 변기 앞에 세우니 '쪼르르' 소리를 내며 오줌을 누었다.

오 호 호 호 호. 컸다! ^^

그러나 밤에는 아직 종이 기저귀의 보호를 받고 있었고, 낮에는 팬티를 입었어도 가끔 실수를 하는 모양이다. 그래도 그만하면 용변 훈련이 비교적 순조롭게 잘돼 가는 것 아니겠나.

귀여운 녀석!

사실 '기저귀' 문제에 대해서 할미는 어미가 집에서 살림만 하는 사람이라면 천으로 된 기저귀를 쓰도록 권하고 싶었던 모양인데, 직장에 다니는 어미에게 큰 부담을 주는 일이라 의사 표현을 못했던 것 같다. 직장을 다니며 아이를 키운다는 것이 너무나 힘들어 보였기 때문이다.

'천' 기저귀에 관해서는 '환경문제' 같은 이 시대의 거룩한 이야기는 두 번째고, 기저귀를 빨고 말리며 아이를 키우는 과정에서 느끼는 자식 사랑을 더 소중하게 생각했을 것으로 안다. 아이 변을 살피며 털어내고, 똥이 묻은 기저귀를 손으로 빨고, 또 자주 뽀얗게 삶아서 빨랫줄에 널어놓았을 때 한들한들 바람에 날리는 '기저귀 빨래'의 모습은 이 세상 모든 엄마들에게는 견줄 수 없는 아름다운 풍경일 것이다.

할머니는 고모와 아비를 키울 때 종이 기저귀를 살 형편도 안

됐지만 그런 천 기저귀 쓰기를 즐겁고, 행복한 엄마의 일로
생각했다고 회상한단다.
법정 스님도 김수환 추기경님도 성직의 고독을 이야기 하며,
빨랫줄에 아기들 기저귀가 널려 있는 민가 풍경을 볼 때
아름다웠다고 말하신 것으로 기억한다.
하지만 지금 시대상은 너무나도 힘들게 돌아가고 있으니 할미는
어미에게 '천 기저귀'를 권할 생각을 양보한 것 같다. 그것은
아비를 그렇게 키운 할미의 작은 희망이었을 뿐이니까. ^^

이사

규성이가 세상에 태어난 지 삼 년 만에, 그리고 세상일을 모르는 지한이는 첫돌도 되기 전에 첫 이사를 하게 됐다. 이사를 계획하고 나서 아들네 집은 꽤 여러 날 이사 준비로 어수선 했다. 이사 날짜는 2011년 11월 15일이었다. 반포 집(아파트)을 잠시 떠나 아비 어미 직장이 가까이 있는 안양으로 이사를 하게 됐다. 이사를 준비하느라 분주한 동안에는 손자 아이들을 잠깐씩밖에 볼 새가 없었다.

이사는 할아버지의 반포 집을 세놓고 안양으로 거처를 옮기는 방식이었다. 이사를 하면 아비와 어미의 직장 출퇴근이 쉽고, 규성이를 놀이방에 데려 다니기도 수월하고, 또 지한이가 '파견'돼 있는 분당 할머니 댁이 좀 더 가까워지는 등 여러 가지 이점을 고려한 결정이었다.

거기에 또 한 가지 이유가 있었다. 기실은 할아버지가 나이가 들어 사회활동을 마감하니 수입이 없고, 2011년에 있었던 도지사 선거에 들었던 비용 중 일부를 충당할 방편으로 결정한 이사이기도 했다. 그 이유는 부차적이기는 하지만, 앞서 이야기한 몇 가지 좋은 점과 편리함이 없었다면 이번 이사로 하여 할아버지와 할미는 너희들에게 미안했을 것이다. (이런 일들은 세월이 지난 뒤에 너희들이 알아야 할 것 같아 기록으로 남긴다. 마음 쓰지 말거라.)

안양에 새로 이사한 아파트는 넓고 밝은 집이었다. 이사를 한 후 할아버지와 할미가 서울에 볼 일이 있어서 올라올 때는 교통편이 좀 불편했으나 그런 것쯤은 얼마든지 감수해야 했다.

반포에 사는 동안 규성이와의 추억 가운데 하나는, 할아버지 혼자서 아비 어미가 다니는 직장의 부설 놀이방에서 반포 집까지 차로 규성이를 데려와야 했던 날의 일이다. 그날은 어찌된 일인지 아비 어미, 할머니는 물론 외가 할아버지 할머니까지 모두 일이 겹치고 바빠서 할아버지가 단독 '당첨' 돼 규성이를 책임지고 귀가시켜야만 했다.

그런데 참으로 이상한 것은, 운전 경력이 30년이나 되는데도 손자를 태우고 안양에서 출발하여 과천을 지나 남태령 고개를 넘어 사당역을 지나고 이수교를 거쳐 반포 집까지 오는 길이 정말로 '천리'는 되는 느낌이었다는 것이다. '사고'라도 나면 어쩌나 걱정이 돼서 연신 백미러를 주시하며, 30년 전 '초보운전'을 하던 때처럼 조마조마했다.

규성이는 할아버지의 그런 마음을 알 리가 없다. 우악스런 안전띠에 단단히 묶인 채, 녀석은 차창 밖에 지나가는 버스, 택시, 트럭을 보라며 마구 흥분하더니 어느 샌가 끄덕거리며 졸고 있었다. 그렇지, 어린것에게 놀이방에서 보내는 하루가 얼마나 피곤할 것인가!

녀석은 그렇게 평화로웠지만 집에 무사히 도착하고 나서야 긴장이 풀어지며 다리가 저리고 아프다는 걸 느꼈다.

그러고 보니 우리 규성이는 정말 귀한 손님이었다. 운전을 하며 옆에 태웠던 수많은 사람 가운데 아마 가장 귀한 손님이었나 보다!

첫 이사를 한 네 살배기 규성이를 생각하며, 할아버지는 살던 환경을 바꾸는 '이사'가 혹 예민한 녀석에게 어떤 영향이 있지나 않을까 조금 염려를 했다. 그래서 아비 어미에게 이사를 하기 전에 규성이가 알아듣든 못 알아듣든 '이사'라는 것이 무엇인지 설명해 주고 이사를 하도록 말했다. 가능하면 이삿짐을 싸고 나르는 모습을 자세히 보여주고도 싶었다.

도회 생활을 하며 필요에 따라 자주 이사를 하면서도 늘 모든 것이 어른 중심이어서, 이사를 아무렇지도 않게 생각하지만 혹 어린것들에게 불안과 마음에 상처를 주는 것은 아닌지 하는 염려에서다. 할아버지 할머니는 일생에 스무 번쯤 이사를 했는데, 아비와 규성이 고모에게 가끔 그 점이 미안했으니.

그런데 다행히도 규성이는 이사를 이해하고, 넓고 밝고 높은 아파트로 이사한 것을 매우 좋아했다고 한다. 다행이다. 할아버지 생각에는 이사를 하게 되니, 무엇보다 규성이가 반포의 그 끈질긴 모기들 공격으로부터 벗어난 것 같아 좋았다. 반포 집은 겨울을 포함해 사시사철 모기가 침입해와 규성이와 지한이를 괴롭혀서, 아비는 밤중에 모기를 잡느라 모기와 숨바꼭질을 하다가 거실 소파에서 불

편한 자세로 잠을 설치는 날이 많았다. 아비의 그런 모습을 할아버지는 아주 여러 번 봤다. 회사에서 늦게 퇴근하고 잦은 밤샘 근무로 힘들 터인데 집에 오면 아이들의 편한 잠을 위해 모기를 잡느라 잠을 설치다니…….

이건 할아버지 마음인데, 제 새끼들을 사랑하는 아비의 그런 모습은 참으로 믿음직하고, 사랑스럽기 그지없었다. 이다음에 규성이 지한이가 커서 그런 아버지를 기억하면 좋을 것 같다. 그리고 너희들도 어른이 되면 그래야 하고.

안양으로 이사를 할 무렵 규성이와 지한이 모두 다시 조금 성장해 보였다. 규성이는 키와 몸무게가 늘었고 특히 다리에 살이 올라 '아기'의 느낌에서 조금 '어린이 티'가 나기 시작했다.

그 무렵 지한이는 '지한이, 탕!' 재롱과 함께 난도를 더 높여 혼자 안전하게 앉아서 놀기 시작했고, 의자나 소파 등을 잡고 일어나고, 가구를 의탁하거나 붙들고 '게'걸음을 시작했다. 그리고 '먹성'이 좋은 녀석이라 눈에 띄게 몸무게도 늘었다. 아비 어미의 증언에 의하면 지한이의 체중이 형과 2킬로그램밖에 차이가 안 난다고 했다. 28개월 차이가 있는 형제간에 겨우 2 킬로그램이라. ^^

그런 상황이 할아버지와 할미에게는 은근히 재미있고 신나는 소식으로 들렸는데 이러다가 체중에 있어서는 지한이가 규성이를 추월할 날이 곧 올 것이라며 웃기도 했다. 규성이도 잘 먹고 잘 놀지만 지한이의 먹성이 워낙……ㅎㅎㅎ!

검은 구름은 무서워

이사를 마친 일주일 후에는 할아버지 생일이 있었다. 해마다 가족이 기억해야 하는 기념일에는 잊거나 건너뛰지 않고 살았다. 하지만 올해는 어미 아비가 모두 직장에 다니느라 늘 바쁜 데다가 이사 뒷정리도 제대로 못한 터에 생일은 무슨 생일일까만, 식구와 간단히 밥 한 끼 먹는 것을 마다 할 수는 없었다.

아침에는 규성이까지 식구가 모두 둘러 앉아 미역국을 먹고, 아비 어미 퇴근 후에는 고모까지 오라고 해서 집근처 식당에서 '생일 저녁 국수'라도 먹자는 외식 약속을 했다.

할아버지는 그날 저녁 무렵에 서울에 있는 한 대학교에서 특별 강의가 있었다. 그래서 저녁 약속 시간이 조금 늦춰져, 아비 어미와 아이들은 퇴근 후 '일단' 집으로 간 모양이다.

아빠가 차를 몰고 집으로 향하는 것을 알아차린 녀석이 차 안에서 눈을 동그랗게 뜨고 묻더란다. 할아버지와 저녁 약속이 있다는 것을 알고 있다는 뜻이겠지?

"…… 왜 집으로 가요? ……"

외식하자고 약속하고 음식점이 아닌 집으로 가는 것을 이상히 여긴 38개월 된 아이가 하는 질문이었다. 이 질문에는 큰 의미가 숨어 있다.

어미 아비가 놀란 것은, 이사 온 지 일주일밖에 안 된 낯설고 어두운 안양에서의 출퇴근길을 녀석이 이미 눈에 익혀 두었다는 사실 때문이었다. 외식한다더니 왜 집으로 가는가? 집으로 가든 음식점으로 가든, 그게 중요한 것이 아니라 비슷비슷한 도시의 거리 풍경을 이미 익혔다는 학습능력이 놀라웠던 것이다. ^^

그날 조금 늦은 외식은 녀석의 조잘거림 때문에 내내 즐거웠는데, 집으로 돌아가는 길에 할아버지는 또 한 번 감탄했다. 차를 몰아 안양 '열 병합 발전소'부근으로 들어섰을 때 녀석이 푸른 밤하늘로 날아오르는 발전소 굴뚝의 하얀 연기를 보고 소리쳤다.

"세수한다!"

"뭐라고?"

할미와 할아버지는 그게 도대체 무슨 소린지 알 수가 없었다. 그러나 어미만은 녀석이 한 말의 의미를 알고 있었다. 밑도 끝도 없이 '세수를 한다.'하니.

규성이는 얼마 전에 어미와 함께 김이 나는 더운 물로 샤워를 하며 '구름'과 '수증기'에 대해서 설명을 들은 적이 있다는 것이다. (녀석의 수준으로는 '연기'와 '구름'을 구분할 수 없다. 지난여름, 비가 온 후에 먼 산에 피어오르는 안개를 보고 "불났다!"라고 소리를 쳤듯.)

어미가 이렇게 설명을 했다고 한다.

"규성이가 세수를 하거나 목욕할 때 생기는 김이 하늘로 올라가서 구름이 되는 거야, 알았지?"

그랬더니 그 후 하늘에 있는 '흰 구름'을 보면 앞뒤 말을 생략하고는 "세수한다!"라고 하더라는 것이다. 그러니 발전소 굴뚝에서 피어오르는 하얀 연기를 보고 "세수한다!"라고 소리치는 녀석의 생각을 어미 말고는 그 누구도 알 수가 없지.

규성이 생각에, '검은 구름'은 세수를 안 한 것이고 '흰 구름'은 세수를 해서 희고 깨끗한 것이다. 오호, 훌륭한 표현이 아닌가?

외식을 하고 돌아오던 그날 밤 할아버지가 차 안에서 잠시 졸던 녀석을 안고 아파트로 들어가는데 아파트 건물 사이의 밤하늘에 뜬 흰 구름을 보며 잠이 덜 깬 목소리로 다시 말했다.

"구름이 세수했다."

그리고는 할아버지 품을 파고들며 다시 소곤거렸다.

"검은 구름은 무서워……."

우리 손자 규성이는 커서 무엇이 될까……. 할아버지는 그것이 궁금하다.

김장 하던 날의 풍경

화계산 산골 집에 밤이 되어 고요할 때면, 차를 마시며 다실 벽에 턱턱 붙여 놓은 손자들 스냅사진들을 바라본다. 아비의 사진 솜씨가 좋아서, 순간순간에 포착한 녀석들 귀여운 모습을 보며 미소 짓는다. 어떤 때는 그 사진 때문에 불현 듯 녀석들이 보고 싶어진다. 손자를 둔 할아버지 할머니의 마음을 아시는 분들께는 이런 말을 해도 주책이지 않을 것이다. "여보 애들 보러 서울 갈까?" 밤중에 하는 말이니까 '주책바가지' 같은 소리라는 것이지. ^^

사람이 살아가며 여러 가지 복력이 있겠는데 '노년'에 들어 귀여운 손자들을 둔 복은 당연하다면 당연하겠지만 내겐 항상 특별하게만 느껴지고 그저 감사하는 마음이다.

계절을 거슬러 돌아보면, 2011년 화계산 시골집 농사는 풍작이었다. 장마가 심하였으나 그 장마 뒤는 우순풍조(비와 바람이 순조로워)하여 배추, 무 등 김장감이 잘됐다. 놀라겠지만 배추가 400여 포기에 큼직큼직한 무를 300여 개나 수확을 했다. 이 정도면 대도시에 사는 가정 열 집 정도의 김장감이니 아마추어 농부인 할아버지에게는 자랑거리가 아닐 수 없다. 수확한 김장감은 할아버지와 동무하며 함께 농사를 지은 분과 나누어 먹는데 우리 집 몫만 300포기쯤 된다.

그 김장감으로 할미는 (2011년에는) 11월 25일, 26일 이틀을 잡아 김장을 했다. 할미가 예전에 녀석들의 증조부 증조모를 모시고 큰살림 할 때는, 아니지 지난해까지도 김장 걱정을 안 하더니 올해는 힘들어 하고, 걱정을 많이 했다.

할미도 늙나보다. 하긴 임시로 살고 있는 원주 아파트에도 이미 겨울 김장을 해 놓고, 또다시 300포기 정도 김장을 해야 하니 걱정도 될 만하다. 그래도 할아버지는 옛날 어린 시절부터 해마다 그랬듯이 시골집에서 김장을 담그는 풍경이 그렇게 좋았다.

그래서 할미를 덜 힘들게 하려고 '입동'이 지나 김장때가 되면 할아버지가 배추도 뽑아 다듬어 나르고, 무를 뽑아 씻어 들이는 등 힘들고 궂은일들을 하며 할머니를 돕는다. 당연히 그래야 한다.

아비도 늘 집에서 어미를 많이 도와주더구나. 우리 규성이 지한이도 이다음에 크면 아낙이 하는 집안일을 열심히 도와주는 남자가 되어야 한다. 세상이 바뀌어서가 아니라 의당 그래야 한다는 게 할아버지 생각이다. 장가가기 전에는 엄마를, 장가간 후에는 아내 일을 잘 도와야 한다. 옛일은 모르겠으니(증조부께서는 증조모님을 안 도와 드렸단다. ^^) 할아버지 때부터 시작해서 쭉 우리 집의 가풍과 전통이 됐으면 좋겠다.

이번 '김장 축제'는 어미와 이모들, 그리고 아비의 작은 외삼촌 내외(양평 할아버지 할머니)에게 도움을 청해서 또 한바탕 김치 담그기 축제를 하기로 했다. 작년 김장 날에 오셨던 분당 외할아버지와 외할머니는 올해는 어린 지한이를 돌보시느라 못 오셨다.

할머니는 욕심이 많다. 일이 벅차서 힘들어 하면서도 규성이에게는 꼭 김장 풍경을 보여 주고 싶다고 했다. 큰손자 규성이에게 무엇이든 많은 것을 보여 주고, 아름다운 추억을 남겨 주고 싶은 마음 때문이다. 만약 규성이가 아직 어려서 김장 풍경을 기억하지 못한다면 해마다 보여 주면 될 것이다.

우리 규성이는 이다음에 성장한 후, 어린 시절 일을 어느 시기까지 거슬러 기억할까?

사람마다 다르겠지만 할아버지 경우는 네 살 때의 일 '딱' 한 가지와 다섯 살 나던 해 6.25 전쟁의 피난길, 피난지에서 있었던 일, 6살 때 고향으로 돌아오던 길, 고향에 돌아와서의 어려웠던 환경 등, 상당 부분이 아주 또렷이 기억에 남아 있다. 머리가 썩 좋지 않은 할아버지지만 아마도 그것은 '전쟁'이라는 충격적이고 자극적인 기억이기 때문일 것이다.

우리 규성이는 세월이 흘러도 지금의 아름다운 김장 풍경을 분명히 기억할 것이다. 아니, 꼭 기억했으면 좋겠다. ^^

김장하는 날 규성이 수행비서는 당연히 할아버지였다. 규성이를 잘 돌보는 것은 김장보다 더 중요한 일이다. 규성이는 1박 2일 일정으로 시골집에 왔는데 아빠와 엄마를 떨어져서도 울지 않고 잘 놀았다. 아비 어미 생각이 나지 않을 정도로 최선을 다 했기 때문일 것이다. 할아버지는 1박 2일 동안 규성이의 충실한 수행비서가 된 것이다.

아, 그리고 최근 언젠가부터 규성이는 '할미'에서 '함머니'로 발전한지 얼마 안 된 것 같은데 이제는 '할머니'라고 바르게 말하기 시작했다.

규성이는 얼마나 섬세한 관찰력을 가졌는지 놀랍다. 김장을 하던 날 할머니가 뒤란에서 김장 배추를 씻고 양념한 김장소를 버무리느라 바쁠 때, 할아버지가 규성이 손을 잡고 낙엽이 아름답게 쌓인 뒷마당 언덕길을 걷고 있었다. 그때 녀석이 종알종알 말했다.

"바퀴가 지나갔어요."

"……?"

이게 무슨 말이지? 규성이는 예쁘게 쌓인 낙엽 위로 뭔가 지나간 흔적, 그러나 어른도 거의 느끼기 어려운 희미한 바퀴 자국을 발견하고 할아버지에게 그렇게 말한 것이다.

할아버지는 깜짝 놀랐다. 함께 걷고 있으면서도 할아버지 눈에는 낙엽 위로 난 바퀴 자국이 드러나 보이지 않았다. 하지만 곰곰 생각해 보니 며칠 전에 할아버지가 낙엽 위로 '다목적 운반기'를 몰고 지나간 일이 생각났다. 그 뒷마당은 잔디가 깔려 있고 그 위에 낙엽이 수시로 떨어지고 있어서 바퀴가 지나간 흔적이 있다 해도, 여간해선 두드러져 보이지 않기 때문에 녀석의 관찰이 더욱 놀라웠던 것이다.

여기서 규성이와 지한이가 알아두어야 할 이야기가 있다. 할아버지가 말한 '다목적 운반기'는 2010년, 할아버지가 국회의원 직을 사퇴하고 강원도지사 선거에 출마했다가 성공하지 못하고 화계산 시골집에서 시간을 많이 보낼 무렵에 마련한 동력 농기계다.

할아버지는 은퇴 후 시골집에서 생활이 더 길어질 것에 대비해 작은 트럭 타입의 예쁜 농기계인 다목적 운반기를 마련했다.

비용은 할아버지가 저금해 둔 돈에 아비가 마음 써서 돈을 조금 보태 구입했다.

이 다목적 운반기는 아껴 써서, 앞으로 아비가 물려받아 잘 썼으면 좋겠다. 그때쯤 우리 손자들은 청년이 되고 운반기는 고물이 되겠지? ^^

할아버지 생각이고 또 꽤 먼 미래의 일인데, 할아버지 희망처럼 정말 그렇게 될까? 혹시 이 농기계가 다 낡아 빠지거든 너희들이 다시 더 좋은 것을 사서 쓰렴. 그리고 할아버지 할머니를 추억하렴.

다만 운반기는 앙증맞아 만만해 보이지만 얕보면 안 되는 매우 '위험한' 기계임을 잊지 말아야 한다.

규성이가 낙엽 위로 지나간 '다목적 운반기' 바퀴 자국을 발견했던 그날, 아비에게서 전화가 걸려 왔다. 할아버지에게 안부를 겸해 새끼가 궁금해서일 것이다.

"아버지, 별일 없으시지요?"

"그래, 김장 하느라 모두 바쁘다."

"규성이는 울지 않아요?"

"규성이는 잘 놀고 있다. 좀 춥구나. 그래서 따뜻하게 입혀서 밖에서 놀고 있다. 녀석이 혹 감기 걸릴까 조심스럽다."

"괜찮아요, 아버지. 그런데, 불장난은 못하게 하세요. 입고 있는 잠바가 불에 약해서 자칫 불이 붙으면 순식간에 큰일 나거든요."

"그래 알았다."

지극한 새끼 걱정이었다. 그래, 할아버지가 아비 너를 키울 때도 그런 마음이었단다. 엎어질까, 다칠까, 데일까, 먹을 때 목에 무엇이 걸릴까…… 항상 걱정이었지. 그런데 이젠 아비가 제 새끼 걱정을 하는 날이 됐구나. 이 세상 모든 부모의 마음이지……. 그리고 늘 말하지만, 어려서 새끼가 다치는 것은 순전히 '부모' 책임이란다.

아비의 주의 부탁을 듣고 난 후 할아버지는 좀 더 긴장한 마음으로 녀석을 호위하며 김장 추억거리를 만들었다.

수의 개념을 알기 시작하는가?

할아버지는 그 즈음에 한겨울 벽난로에 땔 장작 준비를 계속하고
있었다. 집 주변에 있던 나무들을 베어 장작을 만들고 처마 밑에 가
지런히 쌓는 작업을 계속하고 있었다. 그런데 세 살배기 녀석이 큼
직한 도끼를 들고 도끼질 흉내를 내다가 그만 장작을 나르던 할아
버지 발등을 쿵 내리쳤겠다.

"어이쿠!"

무척 아팠다. 두꺼운 장화를 신고 있어 안전하긴 했지만 발등이
아파서 쩔쩔맸더니 녀석이 겁을 내고 놀란 표정이었다. 그러고 나서
는 할아버지에게 미안했던지 장작개비를 하나 둘 주어다가 쌓는데
솜씨가 놀라울 정도였다. 가로로 놓고 세로로 놓고……. 도대체 규
성이는 어떻게 이런 걸 다 할 줄 아느냐 말이다. 혹시 블록 쌓기 놀
이의 응용이나 연장선인가? 여하간 혀를 찰 지경이었다. 그리고 할
아버지가 "힘들다~ 그만해라~." 할 때까지 입을 꼭 다물고 꽤 끈기
있게 했다.

규성이는 바깥 공기가 너무 차가운데도 계속 밖에서 놀고 싶어

했다. 녀석이 혹시 감기라도 걸릴까 걱정이 된 할아버지는 간간이 집안으로 데리고 들어와서 몸을 녹인 후에 다시 밖으로 데리고 나가는 방법을 썼다.

그렇게 밖에서 '실컷' 놀고 집안으로 들어와서는 벽난로 앞 할아버지 다실에 앉아서 규성이와 차를 마셨다. 할아버지의 어린 차 벗인 규성이와 마주 앉은 차 자리!

녀석은 다상 앞에 앉으며 불현 듯 말했다.

"할아버지, 까까!"

'까까?' 아니 이게 얼마 만에 듣는 말이지? '과자'라는 말의 유아어 '까까'를 손자 입을 통해서 들으니 새삼스럽고 정겨웠다. 아하, 아비 어미 아니면 외할머니가 가르쳐 주셨나 보다.

여러 설명을 생략하고, 아까 먹다가 할아버지에게 맡긴 과자를 차 마시며 먹게 내 놓으라는 말이었다.

"음, 그래!"

바깥에 나가기 전 할아버지에게 맡긴 비스킷을 주머니에서 꺼내 건네주자 이내 녀석이 강한 의문을 품고 말했다.

"두 개였는데……?"

할아버지가 건넨 비스킷 봉지에 비스킷이 달랑 하나밖에 없자 그렇게 중얼거렸다. '맞다!' 아까 비스킷 봉지를 할아버지가 맡아서 주머니에 넣을 때는 두 개였다. 부스러진 것이 있기에 그것 하나를 할아버지가 먹어버린 것이다. 아니, 이 녀석이 어떻게 수의 개념을 알고 과자 숫자를 기억해 두었담!

할아버지는 자수하는 마음으로, 부스러진 과자 하나를 할아버지가 먹었다고 차근차근 설명하며 이해를 시킨 뒤에 찻물을 끓여 차를 준비했다.

규성이의 반격!

어린 규성이는 할아버지와 마시는 '차'를 좋아했다. 일시적인 현상일 수도 있다. 뭔가 새로운 것을 보면 호기심을 나타내고 따라 해 보는 그 나이의 '학습 본능'적 차원인 것도 같다. 첫돌이 지나면서부터 최근까지 화계산 시골집에만 오면 할아버지의 차 도구 등 차 살림에 큰 관심을 보여 왔다. 그러다가 기회만 되면 차 살림을 마구 휘두른다. ^^

할아버지가 하는 동작을 보고 있다가 차를 다리는 과정을 거의 흡사하게 흉내를 내서 식구들을 웃기고 감탄케 했다. 고놈~ 참! 어린것이 따라 하기에는 차를 우리는 과정이 그렇게 간단하지는 않은데 말이다.

가르쳐준 대로, 짧은 다리를 꼬아 '양반다리' 자세로 찻상 앞에 앉는다. 다관에 물을 붓고, 차 통을 가리키며 다관에 차를 덜어 넣어 달라고 떼를 쓰고, 물을 질질 흘리며 찻잔에 따라서 마셔도 본다. 그럴 때는 거의 흥분한 상태다.

그러더니 세 돌이 지나면서는 조금 '열정'이 식기 시작했다. 관심이 오래 가지 못하는 것인지 모르겠다. 어린것이 차를 좋아하다니. 어른의 입맛으로 판단할 때 고것 참 신기한 일이다.

아이에게는 어떤 환경에서 무엇을 보여주느냐가 매우 중요하다. 가족이 생각 없이 늘 'TV'에 열중하면 아이도 따라서 'TV'를 즐겨 볼 것이고, 엄마 아빠가 '책'을 즐겨 보면 아이도 '책'을 볼 것이고, '음악'을 즐겨 들으면 '음악'을, 어른들이 늘 '술'을 마시는 분위기를 보이면 아이도 커서 자연스레 비슷한 행동을 할 것이다. 의도한 것은 아니지만 다행이도 할아버지 할머니가 항상 일상에 '차'를 즐기니까 아이도 따라서 '차'를 마시는 분위기에 흥미를 가진 것이리라.

'양반다리' 이야기를 잠깐 한다.

앙증맞은 두 다리가 귀여워서, 두 살 때 규성이에게 '양반다리 자세로 앉는 법'을 가르쳐 줬다. 그 후로 녀석은 차를 마실 때마다 "규성이, 양반다리!" 하면 양반다리 자세를 하고 앉는다. 온몸이 유연하니 반가부좌한 양반다리를 얼마나 능숙하게 잘하는지 모른다. 할아버지나 할머니가 반가부좌 자세로 앉아 차를 마시면 규성이도 두 손으로 발을 잡아끌어다가 척 붙이고 명상 자세로 앉아서 차를 기다리는 꼴이라니. 그 모습이 참으로 귀엽다.

다상茶床 앞에 '양반다리'를 틀고 앉아 있는 녀석에게 한 가지 교육을 시킬 좋은 기회가 있었다.

며칠 전, 할아버지가 혼자 시골집에 있을 때 거실에 꽤 큰 지네(산속에 있는 집이라 가끔 지네가 기어 다닌다.)가 한 마리가 설설 기어가고 있었다. 할아버지도 섬뜩했다. 그놈을 잡아다가 소주병 속에 담가 놓았지. 그것을 다상 위에 놓아두었다. 몸길이가 12 센티미터쯤은 되는 큰

놈이다. 생김새가 징그러워 보였다. 할아버지는 그 지네가 들어 있
는 소주병을 들어 규성이에게 보여 주며 엄숙하게 말했다.

　"규성아 이거 봐라! 큰 벌레야! 할머니가 손을 씻지 않거나, 또 치
카치카를 하지 않으면 벌레가 입에 들어간다고 했지? 이건 할아버
지가 잡은 벌레인데 이렇게 큰 벌레도 있어. 그러니까 규성이는 손
도 잘 씻고 '치카'도 잘 해야지? 안 그러면 이런 벌레가 입으로 들어
가…… 알았지?"

　녀석은 꼼짝없이 그렇게 하겠다고 약속했다. 요즘 녀석이 손 씻기
와 '치카'를 싫어하기 시작했다는 것을 할아버지는 들어 알고 있던
터였다. (너무 큰 벌레를 보여줬나? 녀석에게 겁을 먹이고 생각하니 너무 큰 충격을 준 것은 아
닌지 약간 걱정이 됐다.)

그런데 녀석은 고개를 끄덕이며 조금 겁먹은 표정이더니, 눈을 동그랗게 뜨고는 곧 할아버지에게 의문을 나타냈다.

"어, 할아버지도 어, 손을 안 씻었어요?"

"……?"

아니, 뭐라고? 옳지! 이렇게 큰 벌레가 할아버지 집에 들어 온 것은 할아버지가 손을 깨끗이 씻지 않았기 때문이 아니냐 하는 반문이었다. 아이코, 38개월 된 규성이의 날카로운 반격에 직면했다.

어떻게 대답을 한다? 이거 큰일 났는걸. 그렇지, 규성이의 의문이 맞다. 맞고말고. 그렇게 무서운 벌레가 할아버지에게로 온 것을 보면 할아버지가 손을 잘 씻지 않았기 때문이겠지! 큰 벌레를 보여 주며 대충 겁을 먹여, 손 잘 씻고 '치카' 잘하게 하려고 했다가 할아버지가 크게 걸렸다. 그러나 할아버지는 침착하게 응수했다.

"아니야, 할아버지는 손을 잘 씻었는데 이 바보 같은 벌레가 그만 잘 모르고 찾아 왔다가 할아버지에게 잡혔어!"

"……."

에헴, 그런대로 위기를 넘기기는 했는데 이건 할아버지가 규성이에게 한 방 먹고 진거나 마찬가지였다.

허 허 허 허 허 허.

그날, 김장 무를 썰던 캄캄한 밤, 할아버지는 규성이 손을 잡고, 규성이가 좋아하는 '랜턴'을 켜고 모리에게 밥을 주러 나갔다. 할아버지 혼자 해도 될 일이지만 굳이 녀석을 데리고 나간 것은 '시골집의 밤'에 대한 두려움을 자연스럽게 없애 주기 위함이었다. 캄캄한 밤이지만 녀석을 안고 다니지 않고 장화를 신기고 걸렸다. 집에서

50미터쯤 떨어진 모리 집까지의 밤길을 규성이는 두려움 없이 아장아장 걸었다. 조심조심 개장 속에 있는 모리에게 먹이를 주고 나오는데 규성이가 모리에게 한마디 던졌다.

"모리야, 어, 맛있게 먹고 어, 치카 하고 자야 돼!"

하하하하, 할아버지는 크게 웃었지. 아무래도 '지네'를 보고난 뒤에 걱정이 되고, 오늘 '치카' 항목에 자꾸 마음이 쓰이는 모양이었다. 귀여운 녀석! 어쨌건 '이'는 평생 잘 닦아야 하느니라. ^^

둘째의 첫 걸음마

한해가 저물어 가며 분주하다. 모임도 많다. 안양으로 이사를 한 후에는 서울에서 일을 보거나 모임이 끝나고 아이들 집으로 돌아오면 부지런을 떨어도 밤 10시를 훌쩍 넘기기 쉽다. 밤에 버스나 전철 등 대중교통을 이용하다 보니 더 그렇다. 손자들이 잠들기 전에 빨리 귀가해서 녀석들을 보고 싶은 마음이지만 도심에서 애들 집까지 거리가 꽤 멀다.

12월 2일은 지한이가 분당에서 돌아오는 주말이라, 녀석 좀 보려고 부지런히 귀가 했지만 이미 잠이 들어 얼굴을 볼 수 없었다. 규성이만 아비와 동화책을 읽으며 잠자리에서 할아버지를 반겼다. 할머니는 전날 적십자 봉사활동을 하러 원주로 떠나고 없었다.

다음날 아침, '아침 형型'인 지한이가 할아버지보다도 먼저 일어나서 거실에서 놀고 있었다. 제 몫의 장난감이 아직 없는 터라 형이 잠에서 깨기 전에 눈치 안 보고 마음껏 놀기 위해 일찍 일어난 것처럼 보였다. 그러나 아직 돌도 안 된 녀석. ^^ 일찍 일어나 혼자 놀고 있는 지한이를 보며 얼마나 반갑고 귀여운지⋯⋯. 첫돌을 한 달쯤

앞둔 녀석이 퍽 안정감 있는 자세로 앉아서 놀고 있었다. 할아버지를 바라보는 녀석의 얼굴선이 곱고 예뻤다. 어쩜 조렇게 예쁘지? 고놈 참. 할아버지 눈에만 그렇게 보이는 건 아니겠지?

  어미는 밀린 잠을 좀 더 자고 싶을 그 시간에, 지한이 때문에 일어났나 보다. 일어난 김에 식구들 아침을 준비하고 있었다. 아침밥을 거르지 않고 꼭 먹는 습관이 있는 할아버지로서는 어미에게 미안했지만 될 수 있으면 식구들이 둘러 앉아 밥을 먹는 의미를 소중하게 일깨워 주고 싶은 마음이 컸다.
  바로 그날 그 아침에 할아버지는 11개월 잡이 지한이가 걸음마하는 것을 처음 봤다. '다섯 발자국' 떼어 놓기를 한 번, '열 발자국 떼어 놓기'를 두 번 성공했다. 어미 말은 며칠 전부터 걷기 시작했다는데 할아버지가 목격한 것은 처음이었다. 기뻤다! 그래서 바로 지한이 걸음마 모습을 영상에 담아서 봉사활동을 하러 원주에 간 할머니에게 보냈다. "여보, 둘째가 오늘 열 발자국을 옮겼어요!!!"
  아비와 고모를 키우던 시절이 있었고, 첫손자 규성이가 걸음마를 시작하는 것을 보고 환호한 것이 불과 2년 전이었다. 그런데도 마치 세상에 우리 둘째 손자 '지한'이만 걸음마를 시작한 것처럼……. 새삼스러웠다. 둘째의 걸음마를 본 아침, 할아버지는 잠시 가슴이 따듯해져 옴을 느꼈다. 할아버지는 어쩔 수 없는 손자 바보야. ^^

귀한 손님이 온다네!

2011년 12월 17일은 토요일. 그날은 그 겨울 들어서 가장 추운 날씨였다. 서울이 섭씨 영하 11도, 화계산 시골집은 영하 15도까지 내려갔었다. 아침에 규성이가 감기 때문에 병원에 가는 것을 보고 안양 집을 나섰다. 할아버지 마음은 녀석 때문에 또 안타까웠다.

서울에서 할아버지 친구 댁의 결혼식에 참석한 후 바로 돌아서서 시골집으로 향했다. '모리'가 새끼를 낳을 것 같아서 따뜻한 먹이라도 준비해 주기 위해서였다. 저녁 해가 지기 전에 시골집으로 돌아왔는데 아비에게서 전화가 걸려왔다. 아이들 데리고 곧 시골집에 도착할 거라는 전언이었다.

"아침에 아비 어미 규성이 모두 얼굴보고 왔는데, 힘들게 뭘 또 시골집엘 와?"

손자들이 또 온다니 마음속으로는 좋으면서도 짐짓 그렇게 말했다. 그랬더니 아비가 말했지.

"규성이는 보셨지만 지한이 보신 지는 일주일이나 되셨잖아요."

아, 그래 그렇구나! 고맙다. 참 고맙다. 그렇단다. 항상 보고 돌아서면 또 눈에 삼삼하고, 눈앞에서 고물거리는 것만 같아 다시 보고 싶단다. 어미 아비야! 할아버지 할머니의 그런 마음을 헤아려 주다니 고맙구나. 직장 일도 힘들고 고단할 터인데 말이다.

전화를 끊자마자, 평소와는 달리 보일러 설정 온도를 잔뜩 올려놓고 벽난로에도 불을 활활 지폈다. 손자들이 온다네. 귀한 손님이 온다네! 손자들이 얼면 안 된다네! 한겨울에도 할아버지 혼자 있는 날은 실내 온도를 12도, 할머니가 함께 있을 때는 14도 쯤, 손님이 오시면 실내 온도를 그보다 조~금 더 올리는데, 손자들이 오는 날은 20도를 넘게 해야 한다. 혹 시골집에 할아버지 만나러 왔다가 추워서 감기라도 들면 할아버지 할머니는 면목이 없을 것이니까.

그러나 녀석들이 조금만 더 크면 그렇게 안할 것이다. 사내아이들은 선선하게 커야 한다더라. 그리고 온실과 같은, 너무 좋은 환경에서 자라는 것은 바람직하지 않다고 생각한다. 추위에도 견디는 훈련이 필요하다고 생각한다.

할아버지 할머니도 늘 따뜻하게 살면 좋겠지만 집이 커서 겨울이면 난방비가 만만치 않단다. 그러나 지금 어리고 사랑스러운 손자들에게 무엇이 아까우랴. 특히 할아버지 할머니가 따뜻하게 살라고 아비가 넣어 준 기름이 넉넉히 있으니 '특별 난방'을 한다 해도 할아버지는 손해 볼 것 하~나도 없단다. ^^

증조모 제사를 모시는 날

12월 25일은 아기 예수님이 탄생하신 크리스마스이지만, 올해는 음력 날짜로 규성이 지한이 증조할머니의 제삿날이기도 하다. 내 어머니는 우리 손자들을 못 보고 돌아가셨다.

제삿날이면 슬하의 자손들이 다 모인다. 올해는 둘째 증손 지한이까지 모였다. 녀석들이야 뵌 적도 없는 증조할머니시지만, 할아버지 할머니는 너희들에게 뿌리를 가르쳐 주고 싶은 간절한 마음이다. 그러니 업혀 다닐 때부터 할머니 제사에 오는 것을 환영한다.

제사는 어중간한 저녁에 모시지 않고 옛 법식대로 자정이 가까운 한밤중에 모신다. 할머니의 주장대로다. 그러니 정작 제사를 모시는 그 시간이면 녀석들은 이미 콜콜 아름다운 꿈나라를 돌아다니며 잠에 빠져 있을 터이다. 대신 제사를 준비하는 초저녁에 할아버지는 녀석들에게 증조모 제사를 준비하는 과정을 설명해 주고(알아듣거나 못 알아듣거나) 갖가지 놀이로 미래 '실세들'에게 서비스를 한다.

그날 녀석들이 제일 좋아한 놀이는 장지문에 비치는 그림자놀이였다. 백열등을 켜 놓고 한지를 바른 장지문에 손으로 그림자를 만

들어 움직이는 '전통' 애니메이션 놀이다. 할아버지가 어린 시절에
호롱불 켜 놓고 즐기던 추억의 놀이란다.

할아버지와 놀다가 쏟아지는 졸음을 이기지 못하고 잠든 녀석들
을 재워 놓고, 식구들은 밤늦게 증조모의 제사를 모셨다. 증조할머
니에게 올리는 추모 글을 통해 '너희들이 건강하고 지혜롭게 잘 크
도록 돌봐 주십사!'하고 마음속으로 간절히 빌었지. 아주 간절히.

그런데 할아버지가 제사를 지내며 증조모께, 지난 일 년 동안에
있었던 집안에 있었던 여러 소식을 고해 드리며 잠깐 착각을 해서
둘째 손자 지한이 출생소식을 빼먹었겠다. 왜냐하면 둘째 생일이 1
월 5일이라서 증조부 여름제사 때 신고한 것을 증조모께도 한 걸로
착각했던 거지. 그래서 제사 중간에 다시 특별 신고를 했단다. ^^

"어머니, 어머니의 둘째 증손자 지한이가 태어났습니다. 잘 크도
록 보살펴 주세요!"

증조모께서 우리 지한이를 꼭 그렇게 보살펴 주실 것이다.

'조상 덕(덕분)'이란 것이 있다.

간혹 제사를 소홀히 하는 사람들은 제사나 차례를 지내는 것을 '공연한 일'을 하는 것처럼 말한다. '보이지도 않는' 조상의 혼백이 나타나 음식을 잡수시는 것도 아닌데 공연히 부산을 떤다고 여긴다. 그러나 할아버지와 할머니의 생각은 그렇지 않다. '제사'나 '차례'는 일 년에 한 번, 가까이는 나를 낳아 주신 부모와 윗대 조상을 생각하는 후손의 지극한 정성의 표현이다. 제사를 지내며 조상을 생각하는 그런 정성과 마음으로 세상을 열심히 살아간다면 잘 살기도 하거니와 비뚤어짐 없이 '올바로' 살아갈 것이다. 조상과 그 뿌리에 대한 지극한 마음과 사랑도 없으면서 어떻게 세상일은 바르게 꾸려갈 수 있겠느냐? 그런 원리가 바로 제사를 지내는 이유와 이치라고 생각한다. 근원과 뿌리를 중시하는 마음이 바로 어려운 현실을 올바로 살겠다는 마음으로 이어진단다.

서양인들도 우리 같은 형식의 제사는 아니지만, 한 집안의 중심인 거실에 돌아가신 부모와 조상님들의 초상화를 잘 그려 모셔 놓고 늘 자랑스럽게 생각하고 또 그리워하는 것으로 알고 있다. 우리가 제사를 지내는 마음과 같다고 본다. 아니, 생각하기에 따라서는 1년에 두세 번(설날, 추석, 성묘, 제삿날 등) 정도 조상을 생각하는 우리보다, 항상 조상의 초상을 걸어 놓고 사는 서양인들이 조상을 더 존경하고 추모하는 것으로 볼 수도 있을 것이다.

가족

지한이에게 아주 미안한 일이 있었다. 증조할머니 제사가 지난 뒤 한 달쯤 후에 설날연휴가 있었다. 할머니와 할아버지는 설레는 마음으로 가족이 만나는 설 준비를 했고 아비와 어미 그리고 규성이 지한이는 설날 하루 전에 화계산 시골집에 도착했다. 얼마나 좋은지! 또 한 번, 차례를 준비하는 본가에 식구가 다 모이는 계기가 됐다.

그런데 할아버지가 지한이를 봐 주다가 한 순간에 사고가 났지 뭔가! 지한이가 함지박을 타고 놀다 넘어져 속 입술에서 피가 나게 된 것이다. 아차! 아, 불사! 밀착 경호를 하루 종일 잘하다가 일순간에 사고가 난 것이다. 아하, 얼마나 미안한지…….

토끼 이빨 같이 나온 앞니에 입술이 포개져 부딪쳐 입술이 깨진 모양이었다.

"지한아, 아이코 지한아, 할아버지가 정말, 정말 잘못했구나!"

그 소동이 있은 후에도 미안한 마음은 여러 날 계속됐는데, 그 주말에 지한이를 만나고서야 풀어졌을 정도였다. 아비를 키울 때도 엎어지고 넘어지고 깨지고 했지만 그때의 애상하던 기억은 다 없어지

고 오직 어린 손자의 사고만 마음 아프게 느껴졌다. 여하간 할아버지가 면목이 없구나. 좋게 생각하면 녀석들과 깊은 정이 드느라 그런 일이 있었던 것 같기도 하고.

지극한 새끼 사랑

할아버지는 규성이 지한이 너희들이 이다음에 커서 이 글을 본다면 네 아비 어미가 얼마나 너희들을 사랑했는지 알 수 있도록 너희들을 향한 아빠 엄마의 사랑을 여기서 본 대로 이야기 하겠다.

세상의 모든 아버지와 어머니는 자식을 사랑하므로 우리 규성이 지한이의 아빠 엄마가 너희들을 사랑하는 거야 당연하고도 또 당연한 일이다. 그러나 21세기 들어 세상은 좋아진 점도 많겠지만, 적어도 대한민국에서 '가족'의 의미는 무섭게 그리고 나쁘게 변했다.

옛날과 달리 지금은 한국의 '대가족'이 해체되고 거의 '핵가족'화되었다. 한 집에 가족이라고 해 봐야 부부뿐이거나 아이가 하나 있으면 겨우 세 식구요, 아이가 둘인 집에는 네 식구가 보통이다. 그 서너 명 식구 외에, 할아버지 할머니가 함께 사는 가정이 별로 없을 정도다. 그래서 시골은 물론 대도시에도 노인끼리만 살거나 혼자 남은 할머니나 할아버지가 외롭고 비참하게 사는 경우가 많다.

그 할아버지 할머니에게도 사랑스럽고, 보고 싶은 아들 딸 며느리 사위 그리고 가슴에 사무치도록 보고 싶은 손자 손녀들이 있을 것이다. 그러나 이미 가족은 해체 되어버렸다.

서양을 닮고, 따라가는 것이 발전이고 또 제일인 줄 알지만 실은 서양에서는 한국의 전통적인 가족제도를 가장 부러워한 것으로 안다. 그런데 한국은 서양이 부러워하는 전통 가족제도를 지키지 못하고 거꾸로 서양의 제도를 부러워하고 닮아 가더니 결국은 호적제도까지도 법으로 바꿔 놓고 말았다. 그 결과로 지금은 너무나도 많이 서양식으로 변했다. 이것이 진정한 '발전'이겠느냐? 너희가 커서 어른이 되거든 한 번 깊이 생각할 과제이다.

이런 세상이지만 '가족이 소중하다!'는 말을 모두 한다. 입으로는 그렇게 말하지만 근본적으로 삶의 가치관이 달라졌다. 대부분의 사람들이 생각하는 행복의 조건에 사랑하는 '가족'이 있다는 것이 아니라 '출세'와 평수 큰 '아파트'와 '좋은 자동차'와 '돈'이 우선시 되는 세상이 되었다.

그런 까닭인지 국가경제가 어렵고 가정경제가 어려우면 사랑하는 자식이 있어도 부모는 쉽게 이혼하고 헤어진다. 자식을 버리고 헤어지는 부모를 '쉽게 볼 수 없는 세상'이 되어야 하지 않겠느냐? 할아버지의 생각은 그렇단다.

출세에 지장이 있으면 부모도 버리고, 생활이 어려우면 자식을 아랑곳 하지도 않고 너무 간단히 이혼을 하고……. 정말, 정말 어쩔 수 없는 사정이 아니면 그것은 결코 옳은 일이 아닐 것이다.

가족이 함께 보는 TV 드라마에서도 그런 상황이 너무 흔하게 나와 안타깝다. 가족의 관계, 가족 간의 사랑, 특히 부모와 자식의 문제가 얼마나 중요한데……. 결혼을 하고 부부가 되어 평생을 같이 행복하게 살기를 맹세하고 자녀를 낳고 살다가, 사랑이 시들어 지면 이런 저런 이유로 그 아이들을 버릴 수 있다고 생각하다니 이게 될 말인가?

그런 뜻에서 할아버지 할머니는, 규성이 지한이를 사랑과 정성으로 키우며 살아가는 너희들 아빠와 엄마의 모습이 '당연하지만' 미덥고, 특히 너희들을 사랑하는 순간순간의 모습을 볼 때마다 고맙고 또 행복하다.

옛날 옛적 할아버지의 할아버지와 할머니들이 그러셨듯이 아비와 어미는 때로 너희들에게 엄하게도 하지만, 지극한 사랑과 인내로 보살피고, 가르치고, 먹이고, 씻기고, 안아 주고, 다독이며 기르더구나. 할아버지와 할머니가 똑똑히 본 바다.

이 녀석들, 너희 둘을 키울 때 이런 일이 있었다. 아빠와 엄마는 직장에 다니며 주중에는 놀이방 다니는 녀석만 돌보다가, 금요일 저녁이면 외가에 가 있는 녀석을 데려와야 했고, 주말을 너희들과 함께 보내고 나서는 일요일 저녁때면 또 외가에 보내야 했다. 그런데 그게 보통 어려운 일이 아니었다. (할아버지는 그런 방식을 '택배'라며 웃곤 했다.)

물론 그런 방식으로 아이를 키우는 사람들이 엄마와 아빠만은 아니었지. 좀 쉽게, 사람을 고용해 너희들을 맡기는 방법을 쓸 수도 있었으나 사람 구하기가 매우 어려웠다. 또 어쩌다 '중국에서 온 여성들'을 고용하면 '불안한' 일이 있다는 소문이 널리 퍼져 있어, 그러지도 못했단다.

중국에서 온 여성들 이야기는 민족 감정이나 편견이 아니라
너희들 키울 때 우리 사회에 널리 퍼져 있던 나쁜 이야기였다.

아비는 규성이와 지한이의 출생부터 시작해 하루하루 성장해 나
가는 과정을 카메라에 담아서 컴퓨터에 저장했다. 그리고 너희를
자주 못 만나는 가족과 사촌, 조카 등 친지와 지인들을 위해 블로
그에 올렸다. 보는 사람들은 컴퓨터에서 간단히 클릭만 하면 되지만
사진들을 지속적으로 분류하고, 사진 설명을 붙여 업데이트하는 작
업은 쉽지 않을 것이다.

고모와 아비를 키울 때 할아버지는 수작업으로 그런 일을
했는데 그 앨범은 지금도 아비에게 소중하게 남아 있을 것이다.

'규성이'는 처음부터 아들일 걸로 생각한 아비 어미가 태명胎名도
남자 이름으로 준비했더구나. 광활한 대국 '러시아'에서 '시아'를 따
서 '시아'라고 했다. 하지만 둘째는 딸을 기대하며 '규성이'의 여동생
이라는 뜻으로 '규순奎順'이라는 태명을 지어 놓았다가 아들 '지한
이'를 낳았다. 블로그에는 그냥 애교로 '규순'이라고 되어 있다.

블로그에는 아비 어미가 정성으로 찍은 걸작 사진들이 많이 저장
돼 있다. 그 사진들은 세월이 흐를수록 더 귀한 보물이 될 것이다.

손자들을 직접 못 보는 날에는 할아버지 할머니도 자주 컴퓨터
를 켜고는 그 사진들을 보고 웃곤 했지. ^^

아비는 회사 일로 밤늦게 퇴근한 날도 규성이 지한이의 성장을 사
진에 담아 분류했다. 사진에 관련 된 글을 재미있게 기록하고, 사진

을 저장하는 작업을 밤이 이슥하도록 하는 것을 할아버지는 여러 번 봤단다.

그렇게 아이들을 사랑하는 아비이지만 어쩌다 규성이 지한이가 잘못한 일이 있으면 아주 엄하게 다루었다. 어떤 때는 야단을 맞고 있는 너희들을 바라보며 속상한 적도 있었다. 그런데 겁먹은 규성이와는 달리 지한이는 야단을 맞으면서도 약간 능글거려서 야단을 치던 아비가 웃음을 터트린 적도 있단다.

어미는 아비와 함께 같은 직장에 다녔다. 힘든 일을 하면서도 규성이와 지한이를 지극한 마음으로 사랑했다. 녀석들이 말을 잘 듣지 않아도 끝까지 인내하며, 기다리고, 설득하는 모습이었다.

밤이면 잠자리에 들어 동화책을 읽어 주는데 한두 번에 끝나는 일이 아니었다. 녀석들이 "또!", "또!" 하는 통에 반복하여 몇 번이고 읽고, 읽고 또 읽어 줬단다. 할아버지가 알기로는 어미가 규성이를 위해 동화책 하나를 하룻밤에 '스물세 번'인가를 읽은 적도 있다고 들었다. 엄마는 너희들을 그만큼 사랑한단다.

어미가 그동안 얼마나 많이 동화책을 읽어 줬던지, 하루는 할아버지가 대신 이야기책을 읽어 주다가 잠시 '멈칫'하니까 글도 모르는 규성이가 그 다음 내용을 줄줄 외서 깜짝 놀란 적도 있지. 고얀 녀석들, 직장 다녀온 엄마가 피곤할 텐데. ^^

정말 어미는 아이들에게 지극했다. 그런데 어느 날 규성이가 감기약을 잘 안 먹으려고 해서 속이 좀 상한 어미가 '메조소프라노'로 녀석에게 한마디 했겠다.

"엄마는 규성이가 해 달라는 대로 다 해 줬는데, 규성이는 왜 엄마 말을 안 들어?"

규성이가 즉각 대꾸를 했다지?

"해 달라는 대로 다 해 준 엄마 아니야!"

그 이야기를 전해들은 할머니 할아버지는 폭소를 했다! 와~, 이 녀석! 그 무렵 어휘가 부쩍 늘고 문장 구성과 문장의 호응까지 발전한, 그러나 겨우 42개월 된 녀석의 기막힌 응대였다.

아비는 어떤가? 아비는 어려서부터 인정이 많았다. 결혼을 하기 전에도 조카나 사촌 동생들을 누구누구 가리지 않고 두루 귀여워해 주는 성격이었으니, 제 새끼야 더 말할 것이 있겠는가. 첫아이인 규성이는 '첫정'이라 말 할 것도 없겠지만, 둘째 지한이를 낳아 두 녀석을 기르는 모습을 보면 얼마나 사랑스러워 하는지 '귀여워!' 소리를 입에 달고 다니는 것 같다.

예전 우리나라 예법에는 부모 앞에서 제 새끼에 대한 사랑 표현을 하면 안 되는 것으로 되어 있었지. 하지만 그런 모습이 할아버지 할머니는 보기 싫지 않았다. ^^ 오히려 고맙지……

아비가 아이들에게 줄 장난감을 수시로 사들이는 것만 봐도 알 수 있다. 장난감을 사 줄 '여유'가 있고 없고의 문제가 아닌 것 같다. 넉넉하게는 못 사줬지만 할머니는 아비의 어린 시절에 장난감은 좀 사준 편이었는데, 그래도 혹시 맘껏 가지고 놀고 싶었던 마음을 다 채우지 못해 그 부족감을 지금 대신하는 것은 아닌지 하는 생각이 들 정도다. 설마 그렇지 않겠지만. ^^

명답을 한 규성이

'닭살 멘트' 하나만 하자. 규성이와 지한이는 우리 손자라서 더 그렇 겠지만 예쁘게도 생겼다. ^^ (세상의 할아버지들께선 이해해 주시길!)

이 세상 할아버지 할머니에게 손자 손녀는 모두 예쁘지만, 내 손 자들을 예쁘다고 하는 '할머니' '할아버지'가 되고 보니 좀 주책을 떠는 것 같다. 또 '인물'이야 더 커 봐야 알겠지만, 할아버지 할머니 눈에는 녀석들이 '이 세상'에서 제일 예쁜 걸 어쩌겠나. 아니, 할아버 지 할머니에게만 예쁜 것은 아닌 것 같다.

지한이가 태어나기 전, 첫손자 규성이만 있고, 서울 반포 집에 살 때의 일이다. 겨우 아장아장 걸음으로 나들이 나간 녀석을 보고 어 떤 이웃 사람이 참 예쁘게도 생겼다며 아이를 감상하더니 돈을 꺼 내 '1만 원'이나 쥐어 주시더란다. 그만하면 객관적으로 평가 받은 인물이 아니겠느냐! 그 사실에 기분이 좋았던 이 할아버지가 '에피 소드'로 여기에 기록한다.

규성이는 반포에서 안양으로 이사를 온 후에 안양 이모할머니 댁 이 가까워서 자주 드나들었다. 그 할머니의 별칭은 '안양 할머니'였다. 안양 할머니는 물론이고 안양 할아버지, 영세 당숙, 혜경이 고모 모두, 자주 보게 되니 자연 규성이를 예뻐했다.

작은 이모할머니는 조금 먼 인천에 살아서 가끔씩밖에 못 보는데, 별칭은 '예쁜 할머니'였다. 이렇게 친가 외가 할머니 말고도 할머니가 여럿이다보니 '할머니, 분당할머니, 안양할머니, 예쁜 할머니, 양평할머니 등으로 구분해서 불러야했다.

규성이 녀석은 안양 할머니 댁에 놀러 가면 제게 잘해 주고 예뻐하는 걸 안다. 아빠 엄마의 잔소리도 없는 곳, 그곳은 녀석에게 '천국'이었을 것이다. 그런데도 녀석에게, 제 집에 대한 생각은 따로 '분명히' 있었다. 한번은 안양 할머니가 규성이 마음을 은근히 떠보는 질문을 했다고 한다.

"규성아, 집에 가지 말고 안양 할머니 하고 같이 살자!"

늘 예뻐해 주시는 이모할머니의 제안에 싫다고 할 수도 없고, 또 안양 할머니 댁에서 같이 살면 아빠 엄마도 못 볼 것 같았는지 잠시 '……음;……음' 하며 곤란해 하더니 녀석은 기막힌 대답을 했다.

"근데, 지한이가 어, 나 보고 싶어 해서 안 돼……."

오호호호, '싫다'는 말을 대신한 기막힌 대답이었다. 어떻게 그런 대답을…… 우리 규성이 '명답 쟁~이' ^^

'개그'를 이해하다

할아버지와 아비는 TV 프로그램 가운데 '개그콘서트'를 자주 본다. 웃을 수 있어서 좋고, 청소년 세대를 이해하고, 또 청소년들과 대화를 하는데 도움이 될 것 같아 할아버지는 오래 전부터 퍽 열심히 그 프로그램을 봐 왔다. 할아버지는 나이가 들어, 젊은 세대들의 빠른 말투와 그들만의 유머를 가끔은 이해하기 어려울 때가 있다. 그러나 할아버지는 양호한 편이다. 매우 많은 어른들이 도대체 무엇이 우습다는 건지 모르겠고, 개그맨들의 말이 너무 빨라서 무슨 소린지 신경질이 나서 통 안 본다는 그런 프로그램이다.

그런데 어린 규성이가 어느 날부터인가 아빠와 함께 그 프로그램을 보고 있는 게 아닌가. 아니, 녀석이 뭘 안다고? 아빠가 TV를 보니까 그냥 바라보고 있는 거겠지?

할아버지는 규성이를 너무 얕보고 있었다, 글쎄 이 녀석이 그냥 시청만 하는 게 아니라, 어떤 한 코너가 시작 되니까 흥분하기 시작해서 흉내까지 내는 것이 아닌가!

녀석이 흥분하며 시청하는 코너는 '감사합니다!!'였다. 이렇게 되면 분명 3대가 함께 TV 앞에 앉아 개그 프로그램을 보는 것이다.

'개콘(개그콘서트)'은 대체로 젊은 세대 감각에 맞춘 개그라서 웃음의 포인트를 놓치기 쉬운 프로그램이다. 그런데 이제 겨우 세 돌 지난, 규성이가 '감사합니다!' 코너가 시작되자 약간 흥분한 상태로 박수를 치며 웃고 난리이니 할아버지는 어리둥절할 수밖에 없었다.

제까짓 게 뭘 안다고 웃을까 생각했는데 TV를 보고는 바로 개그 내용을 창작해서 개그맨 흉내까지 내는 게 아닌가!

원元 개그는 세 명의 개그맨이 단순한 리듬에 맞춰 들썩들썩 율동을 하며 난처한 입장을 먼저 말하고 울상을 짓다가, 갑자기 상황을 반전시켜 덩실덩실 춤을 추며 '감사합니다!'를 연발하는 형식이다. 예를 들면 "공부하기 싫어서 짜증났는데, 아버지가 화가 나서 하시는 말씀 '그럴 거면 때려 쳐라!', 감사합니다!! 감사합니다!!"
이런 형식이다.

그런데 놀랍게도 규성이가 비슷한 감각으로 창작을 하는 게 아닌가! 녀석의 발음은 좀 서툴었지만 리듬을 타며 이렇게 말했다.

"이지한이가 아~, 똥을 쌌는데, 엄~마가 치웠어요. 감사합니다!! 감사합니다!!"'

완벽, 완벽! 놀라웠다. 훌륭했다. 난처한 상황을 먼저 말하고 이어서 상황을 반전시키는 개그의 원리를 녀석은 알고 있는 것이며, 운을 맞춰 들썩거리는 율동 품이 정말 놀랍기 만했다. 장차 녀석이 어떻게 커 나갈까? 할아버지는 또 다시 궁금하다.

아비와 잠시 떨어져 있던 날들

2012년 2월 12일, 진작부터 예정이 돼 있었지만 아비가 약 1년 예정으로 해외 자회사에 파견근무로 출국했다. 아비는 동계올림픽이 열린 적이 있는 캐나다의 '캘거리'로 떠났다. 아비가 떠나던 날은 마침 할아버지와 할머니가 오랜 차(茶)모임인 '완월회' 회원들과 대만 여행을 마치고 돌아오던 날인데, 캐나다로 떠나기 위해 공항에 나온 아비, 어미, 규성이를 만날 수 있었다.

아비의 장기 해외 출장은 '두바이'에 이어 이번이 두 번째이다. 아이들을 많이 좋아하고 사랑하는 아비가 어미와 두 녀석을 두고 떠나는 발길이 무거웠을 것이다. 그러나 규성이 녀석은 아비의 그런 마음을 알 리가 없으니 나들이 나온 기분이었다.

아비를 떠나보내고 인천공항에서 집으로 돌아올 때 바다가 보이는 길을 따라 달렸다. 녀석은 그저 내리고 뜨는 비행기들과 차창 밖으로 보이는 인천 앞바다에 떠 있는 큰 배들을 보며 주절주절거렸다. 거의 흥분 상태였다. 녀석의 말을 들어 보니 벌써 아는 게 얼마나 많던지…….

규성아, 네가 커서 어른이 되면 세계는 지금보다도 더 가까워져서 너희들의 무대가 될 것이다. 할아버지는 나이가 많아서, 그런 규성이의 모습을 볼 수 있을지 모르겠다만 이다음에 몸도 마음도 큰 어른이 되거든 저 넓은 세상을 무대로 큰일을 하여라.

그런데 이 녀석, 한 1년 간 아비와 멀리 떨어져 있어야 하는데 진짜 그 속은 어떤지 궁금하다.

아직 세상을 잘 모르는 것 같지만 벌써 2년 전, 그러니까 아직 두 돌이 안 됐을 때 일이 생각나는구나. 아비가 중동 '두바이'에서 여러 달 근무를 마치고 돌아오던 날이었지. 공항에서 아비를 보자 와락 달려드는 게 아니라, 아무 말도 없이 바닥에 납작 쪼그려 앉더니 아비 품을 향해 개구리처럼 폴~짝 뛰어올라 안기던 모습이 눈에 선하다. 말로는 표현하지 못해도 아비가 얼마나 보고 싶었겠느냐? 할아버지는 녀석의 그런 행동을 보고 눈물이 핑 돌았단다.

그랬던 녀석이니 이번에는 얼마나 서로 보고 싶겠는가 말이다. 비록 '스카이프Skype' 화상 통화를 수시로 하겠지만.

할아버지는 여기에, 어느 날 할아버지 혼자서 두 녀석의 '똥'을 치운 '사건'을 기록하고 싶다. 그까짓 손자 '똥치우기' 쯤이야 어미 아비나 할머니들에게는 '사건'이 아니지만 할아버지들에겐 분명 하나의 '사건'이란다.

아비가 캐나다로 떠난 지 며칠 안 돼 아이들 외가 노 할머니께서 돌아가셨다. 아비는 출국한 지 며칠 되지도 않은 터라서 처조모님 장례식에 참석하기가 어려운 상황이었다.

아비를 대신해서, 할아버지와 할머니가 예를 갖추어 분당에 있는 병원에 문상을 다녀왔고, 규성이와 지한이를 돌보는 것으로 '노 할머니' 장례에 도움을 드리기로 했다. 그런데 힘이 달리는 할머니 혼자서는 두 녀석을 돌보기가 벅찰 것 같아서 할아버지도 힘을 보태기로 했는데, 아 글쎄, 할머니가 잠시 자리를 비운 사이에 두 녀석이 차례로 행사(?)를 해대는 게 아닌가!

평소 녀석들이 행사(?)를 했을 때, 조수 노릇을 한 적은 있지만 할아버지 혼자서 감당해 본적은 없는 터라서 매우 난감했다. 하지만 이 기회가 아니면 언제 손자들 똥을 치워보겠는가! 한 놈씩 목욕탕으로 안고 들어가서 어찌 어찌 최선을 다해 아주 '훌륭하게' 해결했다. 와~ 두 녀석의 행사 마무리를 '말끔히' 하고 나서 할아버지는 기분이 참말로 좋았다.

할아버지에게는 잊을 수 없는 추억거리였음에 틀림없다.

형의 뒤를 따라서

2012년 3월 2일, 금요일!

돌이 지나고 14개월 배기가 된 지한이가 이른 봄에 드디어 형 뒤를 이어 '놀이방'엘 가게 됐다. 형 후배 기수期數로 들어가는 거다. 제 형 규성이는 9월생이므로 생후 28개월 됐을 때 놀이방에 다니기 시작했다. 그때 할아버지는 걱정스러웠다. 유치원에 갈 나이가 아니라 겨우 뒤뚱뒤뚱 걷는 주제에 집단생활을 할 수 있을까 하는 걱정이었다.

실제로 제 형 규성이는 그 놀이방에 가는 게 싫어서 아비 어미와 함께 나서는 아침 출근길에 자주 울고 칭얼대는 것을 봤다. 그런데 지한이는 1월생이라 제 형보다 더 일찍 놀이방엘 가게 됐으니······. 우스갯말로 '철모를 때 다녀?'

할아버지는 기쁜 마음보다 조금은 안쓰러웠다. 한창 엄마 냄새 맡으며 엄마 품에 있어야 할 놈이다. 그리고 이제 겨우 뒤뚱거리며 걷는 것이 놀이방에 가야하다니!

현대 사회에는 여러 가지로 변화가 많다. 긍정적인 변화나 개선도

있지만 그렇지 못한 것도 많다. 엄마와 함께 있어야할 어린것을 일찍 '탁아 형식'의 어린이 놀이방에 보내는 것도 그렇다. 좁은 공간에서, 부족한 손길 때문에 집단생활을 강요받아야 하는 환경에 일찍 노출되는 현실이 퍽 안타깝다.

아이들에게 포용력 있는 사회성을 길러 주는 데는 우리 전통 대가족제의 육아 환경이 좋다는데, 우리 사회에 이미 대가족제는 거의 무너져버린 상황이니 더욱 안타깝다.

할아버지의 이런 생각도 아마 세상 물정 모르고 하는 배부른 소리일 수도 있을 것이다. '생업' 때문에 아이를 맡겨야 하는 많은 사람들이 놀이방을 보내지 못해 어려움을 겪고 있는 현실을 잘 알고 있기 때문이다.

결국 지금 사회 구조와 환경이 집에서 편안히 아이를 키울 수 없어서 이런 일이 일어난다고 생각하니 그 점이 답답할 뿐이다.

또 한편, 지금 지한이가 놀이방에 들어가면 '놀이방'을 시작으로 유치원, 초등학교, 중학교, 고등학교……로 이어지며 '일찌감치 피할 수 없는 경쟁 대열에 발을 딛고 서는구나!'라고 생각하니 측은한 마음이 들기도 한다. 그리고 안타까운 마음이다.

어쨌거나 어린것들을 '놀이방'에 적응시키는 단계는 이랬다. 외할머니가 지한이를 데리고 놀이방에 가서 머무는 시간을 매일 조금씩 늘려 나가는 식이었다. 아직 아무것도 모르고, 이제 겨우 14개월짜리 체력밖에 안 되는 어린것이 아닌가!

우리 지한이가 잘해낼까? 그런 의문뿐이다.

놀이방 선생님들도 고생을 많이 하는 것 같다. 아이들은 아이들대로 힘들 수밖에 없다. 제 형 규성이도 그랬지만 겨울에는 난방이 된 밀폐 공간에서 집단생활을 하다 보니, 아이들끼리 감기를 '정답게' 주거니 받거니 연쇄적으로 옮기는 것 같았다. 항상 잘 먹고 건강이 좋은 지한이도 비교적 자주 기침을 하고 열이 나서 그때마다 약을 먹였다. 그러다가 많이 아프면 하루 이틀 결석을 하고, 집에서 쉬며 약을 먹여야 한다.

형보다 일찍 겪는 어려움이다. 얘야, 기왕에 겪어야 한다면 놀이방에 다니는 동안에도 씩씩하고 건강하게 잘 해 내거라. 어린 네게 무슨 그런 의지가 있겠느냐만 할아버지와 할머니는 안타깝지만 너희들을 응원하며 사랑으로 바라본다.

늘어가는 재롱

그런 가운데도 어린 지한이는 하루하루 키가 커 가고 달라졌다. 자는 모습을 보면 키가 쭉~ 늘어난 느낌이다. 컸겠지. 그렇게 잘 먹는데! 별명이 '먹새 과장'이 아닌가. 키만 크는 것이 아니라 재롱도 같이 는다.

할머니가 세탁물을 건조대에 널고 있으면 저도 만만한 걸 골라들고, 뒤뚱거리며 서서 두 손으로 푸덕푸덕 털어서 빨래를 너는 시늉을 해서 식구들을 웃긴다. 그러다가 어떤 때는 빨래가 제 머리에 휘감겨, 척 달라붙은 빨래를 뒤집어쓰고 허우적대고 있으니 녀석, 정말이지 귀엽다!

밥을 먹고는 숟가락을 들고 싱크대에 가서 까치발을 하고 설거지통에 던져 넣고, 유산균 음료를 먹고는 빈 병은 싱크대가 아니라 쓰레기봉투에 구분해서 넣으니 그런 녀석을 바라보고 있으면 어찌 웃음이 나지 않을까? 우리 지한이 벌써 웬만한 강아지보다 낫다. ^^

아이들 집에는 이철수 화백의 판화 작품이 하나 있다. 화폭 한 가운데 작은 민들레가 하나 피어 있고 그 주변 여백에는 점, 점, 점으로 그려진, (비상 하는 홀씨 같기도 한) 밤하늘에 별무리가 빼곡히 그려진 판화다. 할아버지는 규성이 때는 규성이를, 그리고 지한이 때는 지한이를 안고, 기회 있을 때마다 그 액자 앞에 서서 그림을 설명하고 판화 가운데 새겨진 글을 리듬감 있게 반복해서 읽어 주곤 했다. 그 내용은 이렇다.

"오늘은 규성이(지한이) 하나를 위해 온~ 우주가 있는 듯! 민들레의 밤하늘 2004, 철수!"

그리고는 할아버지의 큰 손으로 녀석들 고사리 손을 잡고 그림 속에 있는 까만 점, '별'들을 하나하나 짚어 주며 가족들 이름을 말한다.

"여기도 별, 저기도 별, 요기도 별, 조기도 별, 조~~기(액자 상단을 가리키며)도 별! 아빠 별, 엄마 별, 할머니 별, 할아버지 별, 외할머니 별, 외할아버지 별, 고모 별, 이모 별, 채은이 별, 규성이 별, 지한이 별……."

두 녀석 모두, 할아버지와 함께 읽는 '민들레의 밤하늘'을 좋아했다. 그 뜻을 알든 모르든 할아버지는 아이들에게 '별'과 '민들레'라는 아름다운 어감을 작은 가슴에 심어 주고 싶었다. 그래서 녀석들을 저희들 집에서 만날 때마다 덜렁 들어 가슴에 안고 민들레 판화 액자 앞으로 가서는 반복해 읽어 주곤 하는 것이다.

얼마나 자주 그리고 여러 번 읽어 줬는지, 규성이는 말을 제대로 하기 전에 이미 그 내용을 외고 있었다. 어느 날 할아버지가 '민들레의 밤하늘'을 읽어 주다가 잠시 멈칫하니까 "이떤다(2004) 떨뚜(철수)!" 하며 나머지를 마무리해 읽어버려 할아버지를 감탄하게 했다.

(나중에 지한이도 똑~ 같이 그랬지. ^^ 여기에서 '철수'는 판화가 '이철수' 선생의 사인signature을 말한다.) 오호~~ 놀라워라!

　말을 아직 못하는 지한이는 요즘(2012년 초봄) 할아버지와 '민들레의 밤하늘'을 읽다가 '요기도 별!'을 시작하면 할아버지 품안에서 기저귀 찬 엉덩이를 들썩거리며 액자 맨 위를 가리켜 '조~~기도 별!'을 빨리 하라고 재촉한다.
　너희들 때문에 할아버지가 행복하다, 요놈, 요놈, 요놈들~!

두 할아버지를 놀라게 하다

다시 규성이 이야기. 규성이는 아침에 일어나서나 저녁 때 놀이방에서 돌아와서나, 교육방송EBS에서 방영하는 애니메이션 '꼬마 버스 타요TAYO'를 즐겨 본다. 사내아이들이 지닌 특징이겠지만 자동차를 좋아해서 특히 그 프로그램을 좋아하는 것 같다.

'꼬마 버스 타요'는 가지가지 자동차들을 의인화해서 사람처럼 동작하고 표정 짓고 말을 한다. 그 모습은 할아버지가 봐도 재미있으니 녀석에게야 더 말할 것이 있을까? 그 순간에 자동차는 규성이이며 규성이는 자동차가 되는 것이겠지. 그래서 규성이는 '타요'를 시청할 때 식구들이 무슨 말을 해도 못 듣는다. 시선과 온 정신이 텔레비전에 쏠려 있다.

10분 단위의 프로그램을 본방송으로 보고, 재방송으로 보고, '다시 보기'로 또 본다. 반복해서 보다 보니 녀석은 출연 인물자동차의 대사를 다 외고 있을 정도다.

그런데 하루는 놀이방에서 돌아와 운 좋게도 정규 방송에 나오는

'꼬마버스 타요'를 할아버지와 같이 보게 됐다. 그날은 마침 외할아버지께서도 손자들을 보러 오셔서 함께 TV를 시청하셨다.

주인공인 꼬마 버스 '타요'가 정비소에 갔다가 그곳에서, 함부로 만져서는 안 되는 새로운 장비를 잘못 건드려 그만 특수 레이저를 맞고 장난감처럼 작아지는 소동이 벌어졌다. 몸통이 작아진 '타요'는 장난감 취급을 받는 위험에 처해 엄청난 고생을 하다가 어찌어찌해서 다시 본래 모습으로 커진다는 것이 그날의 내용이었다. 그날 소제목이 '타요가 작아졌어요!'였다.

할아버지는 이야기 수준이 좀 높아서 녀석이 그런 이야기를 이해할 수 있을까 궁금했다. 그래서 프로그램 흐름에 따라 간간이 추임새를 넣어 주며 함께 시청했다. 규성이는 모르고 있지만 할아버지가 젊은 시절에 아나운서였으니까 손자를 위해 그 솜씨를 발휘했다.

"아니, 저거 봐 큰일 났잖아?" 하기도 하고 "오호, 타요가 작아져서 장난감과 구분이 안 되네! 저거 큰일인데?"라고도 했다.

외할아버지는 옆에서 그냥 껄껄 웃기만 하셨다. 그러면서 TV에 몰입한 녀석의 표정을 슬쩍 살펴보니 좀 심각한 듯했다. 아마 프로그램 제작자는 어린이 시청자들이 마음을 졸이고 보다가 다시 버스가 커지면 안심하도록 프로그램을 만들었을 것이다.

어쨌거나 할아버지로서는 녀석에게 '알지도 못하면서 아무 기계나 마구 만졌다가는 저렇게 된다!'는 교훈(?)도 줄 겸 해서 '아니 저것 봐!!'를 연발하면서 과장된 추임새를 넣은 셈이었다.

할아버지는 녀석의 생각이 궁금했다. 그래서 프로그램이 다 끝나고 난 후 슬쩍 물어봤다.

"규성아, 어때?"

녀석은 잠시 머뭇거리더니 곧 의기양양한 말투로 잘라 말했다.

"다, 거짓말이야~~!!"

"하하하하하하……!"

그 놀라운 대답에 두 할아버지는 폭소했고 정말이지 기절할 지경
이었다. 오호 녀석, 그걸 어떻게 알았을까?

규성이가 42개월 된 봄에 있던 이야기다.

소심한 형 과감한 동생

지한이는 형 규성이와 성격이 조금 다른 것 같다. 같은 성장 과정을 지나면서 지켜본 바로는 형 규성이는 근본적으로 차분하고 신중한 편이다. 예를 들어, 뜨거운 것을 대하면 덥석 만지지 않고 엄마 아빠가 가르친 대로 '아 뜨!'를 연발하며 손을 살짝살짝 대 보고 나서 차츰 차츰 만지기 시작한다.

걸음마를 하기 전에 할아버지와 할머니가 '규성이'의 조심성을 시험해 본적이 있다. 아무도 없는 침대에 녀석을 덜렁 들어 얹어 놓아 봤다. 그랬더니 이 녀석, 내려놔 달라는 응석 요청도 없이, 납작 엎드려 배밀이로 뒤로 돌아서서는 발을 먼저 뻗었다. 짧은 다리를 흔들며 가까스로 바닥을 확인해 본 후에 안전하게 내려오는 것이 아닌가. 안심이었다.

소심한 마음은 규성이가 성장하는 과정에 큰 사고를 당하지 않을 것이라는 믿음이 있어 아비 어미의 입장에서는 안심일 것이다. 그러나 혹 아이가 너무 소심해서 안전한 돌다리조차도 두드려 보느라 시간을 허비하고 결국 경쟁사회에서 뒤처지는 건 아닌지, 도전심이 약한 것은 아닌지 걱정일 수도 있다. 이런 성격의 장단점이 과연 성장 후에 어떤 영향을 주고 어떤 결과를 가져올지 그저 궁금하기만 하다.

같은 아비 어미에게서 난 두 아이 성격이 이렇게 다르다니 흥미롭고 신기하지 않은가? '장남'으로 태어난 운명 때문인가? 규성이는 장남 형스타일이고 지한이는 막내 형인가?

규성이는 섬세하고 마음이 여리다. 마음이 여린 것이 혹시 격세隔世 유전으로 할아버지를 닮은 건 아닌지 내심 걱정이다. 엄마에게 무엇을 요구할 때도, 용건을 말하기 전에 눈물부터 글썽거리며 울면서 말할 때가 있다.

할아버지 기억에, 할아버지도 어려서 그랬던 것 같다. 그런 마음 때문에 할아버지는 한세상을 살아오며 겪은 어려움이 많았지만 할아버지가 살아온 세월을 돌아보면 진정한 용기가 필요할 때는 거침없이 용기를 보이며 살아 왔다고 생각한다. 조심하는 마음과 여린 마음을 극복하느라 할아버지는 학창시절에 무척 힘들었단다. 그 결과로 용기가 필요했던 두 가지의 직업, 아나운서를 했고 국회의원을 했을 지도 모른다.

마음이 여린 규성이의 앞날을 생각하며 할아버지는 그때마다 녀석에게 조용히 일러줬다.

"규성아, 울지 말고 네가 하고 싶은 말을 또박 또박 엄마에게 말해

야지? 울면서 말하면 무슨 말인지 못 알아듣겠거든…… 우리 규성이 씩씩하지, 다시 말해 봐."

어쨌건 그런 규성이의 모습에 할아버지 할머니는 은근히 속상하다, 가끔……. 과연 규성이는 이다음에 어떤 아이로 클까?

규성이는 이렇게 소심한 편인데 비해 지한이는 조심성이 별로 없고 과감하다. 지한이는 뭐든 찬찬이 살펴보고 행동하는 것이 아니다. 우선 밀쳐 보고, 당겨 보고, 먹어 본다. 즉 일단 저지르고 보는 스타일이다. ^^

실제로 제 형을 침대에 올려놓고 성격 실험을 했던 똑같은 나이에 녀석을 침대에 덜렁 올려놓아 봤다. 문제 해결 방식이 전혀 딴판이었다. 나자빠지는지 어쩐지도 모르고(물론 미리 위험에 대비를 하지만) 침대 위에서 배밀이로 휙 돌아서더니 마구 내려오는 거였다.

그런 성격 때문에 지한이는 평소에도 자주 엎어져 울고 깨지기도 한다. 그러한 특성을 '적극성'으로 보면 험한 세상을 살아가는데 적합하고 바람직한 성격일 수 있지만, 이것이 녀석의 근본 성격이어서 장래에 많은 시행착오를 겪으면서 살아야 하는 것은 아닌지, 할아버지는 그 점이 걱정 된다. 역시 장점이 될 수도 있고 동시에 단점이 될 수 있겠지만.

전화를 받는 것도 다르다. 말을 제대로 배우기 전 일이다. 화계산 시골집에 온 규성이에게 직장에 있는 어미에게서 전화가 온다. 전화를 바꿔 주면 녀석은 어미 말에 대답 정도만 하고는(말을 잘 못하니까) 전화로부터 벗어나려 했다.

2년 후쯤 지한이에게 앞서와 똑 같은 상황을 만들어 주었다. 녀석은 전화기를 붙들고 뭔가 제 생각을 말하려고 계속 주절거리며 '말도 안 되는 말'을 계속 떠들어 대곤 했다.

할아버지가 지한이와 통화를 해 봐도 마찬가지였다. 뭐라고 주절 주절하지만 그 말뜻은 전혀 알아들을 수가 없었다. 그럴 때 할아버지는 아무 상관 않고 녀석에게 하고 싶은 말을 그냥 할 뿐이다.

"하바지, 우쭈쭈 $#& @#$ 어어 $%&$% ^^ %@#~~!"

"응, 그래, 그래, 우리 지한이는 할아버지가 보고 싶다고?"

"하머니, 머머머 %#$ 구구 &@$……."

"오 그래, 할머니한테 우리 지한이 밥을 많~~이 먹었다고 말할까?"

"아(응)……!"

^^, 제 깐에는 대화를 하는 꼴이다. 그게 여간 우습지 않다. 할아버지가 엉터리로 통역을 했지만 녀석은 마음속으로 무슨 말을 하려 했던 것일까?

여하간 두 녀석이 이다음에 그런 성격차이로 어떻게 자랄지 자못 흥미롭다. 혹시 크면서 성격이 다시 변할까?

할아버지가 만든 철사鐵絲 자동차

2012년 4월 8일 일요일, 여느 해 같으면 따듯한 봄 햇살이 좋을 때이지만 그날 화계산 자락은 꽃샘추위로 바람이 차가웠다. 봄바람이 차가웠지만 낮에 감자를 심기로 예정한 날이었다. 할아버지와 벗하며 함께 농사체험 하시는 분들과 아침부터 경운기로 밭을 갈고 감자 심을 준비를 하는데 반가운 전화가 걸려왔다.

봄바람을 따라 규성이와 할머니 단 둘이서 '시외버스'를 타고 화계산 집에 온다는 연락이 온 것이다.

오호, 규성이가 온다고? 규성이가 태어나서 처음으로 할머니와 시외버스를 타고 온다고? 할아버지는 좋아서 손뼉이라도 치고 싶었다.

시외버스라! 보나마나 할머니가 더 솟아나서 "버스를 타고 가자"고 규성이에게 말했을 것이다.

'핸드폰' 시대는 이래서 편리하다는 건데 할아버지는 감자 심기 준비를 하면서 계속 할머니의 전화 중계를 들으며 기다렸다가 인근 읍내 도착 소식에 버스정거장까지 나가서 차로 마중을 다녀왔다.

차가운 봄바람에 얼세라 꽁꽁 싸매고 입힌 손자 손을 잡고 버스

정거장에서 할아버지를 기다리고 있는 할머니와 손자의 모습은 내 마음 속의 작은 풍경화였다.

시골길 버스 정거장에서 조손祖孫은 이산가족처럼 얼싸안으며 상봉했다. 그리고 할아버지 차를 타고 화계산 집으로 돌아오는 내내 차안에서는 규성이 노래와 종알종알 대화가 계속 됐다.

그날은 (아직 너무 어리지만) 규성이와 같이 감자도 심을 생각이었으나, 사실은 할아버지가 여러 날 전부터 규성이를 놀라게 할 장난감을 하나 만들고 있었다. 손자의 맘에 들게 하려고 퍽 여러 시간 손을 보며 공들여 만들었다. 녀석에게 그걸 보여주는 것이 할아버지에게는 은근히 중요한 일이었다.

그 '장난감'은 다름 아니라 할아버지가 초등학생 시절에 연약한 손으로 망치질을 해서 스스로 만들어 놀던 '철사 자동차'(?)인데 그걸 재현한 것이었다. 할아버지가 만들었던 그것은 지금 생각해도 놀라운 것이었다.

추억 속의 그 철사자동차를 재현해 놓고, 규성이에게 깜짝 선물을 하기로 했다. 할아버지는 그걸 보고 좋아할 규성이의 모습을 상상하고 기대에 차 있었다. 그러나 녀석은 그 조악한(?) 철사자동차 장난감을 받아 이리 저리 굴리며 잠시 시운전을 해 보더니 금세 시큰둥해져 버렸다. 할아버지는 실망스러웠다. 예상 밖이었다.

^^ 한편 생각해 보니, 할아버지의 어린 시절은 변변한 장난감이 없어 그 철사자동차가 '대단한' 장난감이었겠지. 그러나 지금은 실물 모양과 똑같은 자동차 장난감이 수두룩하니 녀석에게 그까짓 조악한 '철사 자동차'가 신기하고 마음에 쏙 들 리가 있겠는가.

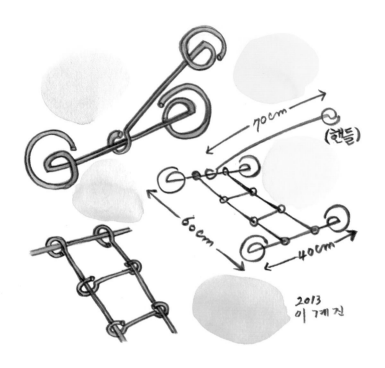

70cm

(핸들)

60cm

40cm

2013
이계진

요즈음 장난감은 얼마나 실감나게 만들었는지, 만약 다시 어린 시절로 돌아갈 수만 있다면 할아버지도 가지고 놀고 싶을 정도다. 그러니 그런 장난감 트럭, 청소차, 버스, 소방차, 구급차, 크레인이 널려 있는데 철사 자동차를 좋아할까? 허허 그것도 생각하지 않고 규성이를 위해 할아버지는 철사 자동차를 만들었지.

그래도, 그래도 할아버지는 말이다 실망하지 않고, 다음번에는 설계변경을 해서라도 '4륜구동'으로 다시 업그레이드 해 만들어서 2차 공세를 펴야 하겠다고 생각했다. ^^

해가 높이 뜨니 봄바람이 보드랍고 따사했다. 규성이는 흙을 만지고 노는 걸 좋아해서 할아버지와 밭에 앉아 감자를 심으며 '정열적'으로 끈기 있게 했다. 그리고 또 한 분, 아비의 초등학교 은사이신 교장 선생님 할아버지와도 종알종알 이야기를 하며 감자를 심었다. 교장 선생님 할아버지는 교육자이시기 때문에 역시 규성이 심리와 수준에 맞게 대화를 하시는 능력을 보이셨다. 칭찬도 하시고, 질문도 하시고, 규성이의 말을 들은 뒤에 자주 "아하, 저런, 그렇구나!" 하며 놀라는 표현의 말도 하셨다.

할아버지는 규성이가 찾아 온 것이 좋아서 감자심기는 설렁설렁해 치우고, 종일 "오, 그래그래!"를 연발하며 규성이를 '대장님' 모시듯 따라 다니며 살폈다.

'대접'이 괜찮았는지 녀석은 저녁 때 서울로 돌아갈 시간에도 안 가겠다며 울어댔다. 할아버지는 안 가겠다는 녀석을 바라보며, 뭔가 성공한 느낌이었다. ^^

사실 오늘은, 캐나다에 가 있는 아빠가 많이 보고 싶을 규성이를 위해 할아버지가 하루 동안 마음을 많이많이 쓴 날이었다. 표현은 못해도 속은 번~ 한 녀석, 아비가 보고 싶을 것이어서…….

또 오렴, 다음번엔 동생 지한이와!

먼 후일,
규성이와 지한이에게 들려줄
간곡한 이야기

할아버지는 앞의 글을 쓴 이후 한동안 분주했다. 무엇 때문인가 하면, 2003년부터 9년 동안 할아버지의 국회의원 활동 때문에 할머니와 원주에 이사해서 살던 전세 집을 정리하고, 화계산 시골집으로 이삿짐을 모두 옮기고 정리하느라 힘들었다. 그동안 원주에서 쓰던 살림살이를 화계산 집으로 옮기고 보니 시골에 있는 살림과 뒤섞여 그 양이 엄청나더구나. 그것을 정리하느라 거의 한 달 동안 분주했지. 그리고 힘들었다.

화계산 시골집은 할아버지가 방송국 아나운서로 활동하던 시기인 1996년에 땅을 구입하고 바로 그 해에 새로 지었는데 우리 손자들 증조할머니께서 2007년, 돌아가실 때까지 사시던 곳이다. 이제 할아버지와 할머니는 노년을 이곳에서 보내야 할 것이라고 생각해서 정치 활동을 마무리하고 이사를 결심한 것이다.

화계산 산골 집과 서울 집, 그리고 원주에 마련했던 전세 집을 오르내리며 살던 번거로움도 더는 힘들다는 생각이었다. 특히 할머니가 그동안 고생을 많이 했지.

　이사를 하고 많은 이삿짐을 정리하느라 힘든 시간을 보냈는데 그때마다 아비가 국내에 있었으면 도움을 받고 싶은 마음이 간절했다. 아비는 캐나다에 장기 출장 중이었으니까.

　2012년에는 또 중요한 한 가지 일이 있었다. 그 일은 우리 손자들에게도 여기에 기록으로 남겨 알려주고 싶은 것인데, 할아버지의 고향인 원주에 모셨던 증조할아버지와 증조할머니 산소를 화계산 자락으로 옮기는 큰일이 있었다.

　원래 우리나라 사람들은 조상 숭배정신이 강해서 돌아가신 조상님에 대해서도 깊은 공경심恭敬心을 가지고 있다. 그래서 부모님이 돌아가신 후에는 해마다 추모의 제사를 지냄은 물론, 자주 산소를 찾아 살피고 산소가 훼손 되지 않도록 돌본다. 그러하니 사람들은 처음 산소 자리를 잡을 때도 아무렇게나 잡지 않고 여러 '풍수지리'적 환경을 살핀 후 '명당明堂'이라고 하는 '좋은 자리'에 모시려고 애를 쓴다.

'풍수'라는 것이 무엇인가?
이런 이야기를 이해할 나이가 됐을 때를 생각해서 너희들에게
설명해 두마.
'풍수'라는 것은 미신이 아니다. 풍수를 미신이라고 말하는
사람은 잘 모르고 오해로 하는 소리다. 풍수는 과학적인 이치를
근거로 한다.
예를 들어 지형과 지세, 동서남북 방향을 살펴, 집을 지을 자리나

조상의 산소를 모실 자리를 잡는데, '바람'으로부터의 피해(풍해)는
없을 것인지, '물'로부터의 피해(수해)는 없을지, 산사태가 나거나
바위가 굴러 내릴 위험은 없는지, 물은 넉넉한지(산소로 쓸 자리는 물이
나지 않아야 한다는구나.) 두루 살펴서 자리를 잡는 방법이다.

차고 거센 바람이 심하게 불고, 큰물이 지나갈 자리에 집을
지으면 그 집에 사는 사람의 건강과 안전에 문제가 있지 않겠는가.
사람이 사는 집터뿐 아니라 산소를 모신 묘 자리도 마찬가지다.
바람으로 큰 나무가 쓰러지고 센 물살로 흙이 패이면 산소가
훼손 될 것이다. 그러므로 그 '풍수' 피해가 없는 곳에 자리를
잡아야 한다는 그런 이치인 것이다.

해가 잘 드는 남향이나, 찬바람을 막아 주는 바람막이가 있는
곳, 계곡물이 무섭게 치고 지나가지 않을 곳, 산사태 위험이 없는
곳, 흙이 잡되지 않고 배수가 잘되는 곳…… 그런 곳이 집을
짓거나 산소를 만들기에 좋은 터전이라는 건데 그런 곳을 가리켜
'명당'이라고 말한다.

그런 의미의 '명당' 자리에 조상의 산소를 모시면 그 후손이
잘되고 좋은 일이 많아 가족이 건강하고 행복하게 잘 산다고
한다.

고향에 있던 증조할아버지와 증조할머니 산소는 1996년 여름,
증조할아버지가 돌아가셔서 장례를 지낼 때 고향에 잘 아는
지관(산소 자리를 정해 주는 풍수 전문가)이 좋은 자리라고 정해 주셔서
그곳에 모셨다. 그리고 11년 후인 2007년 겨울에 증조할머니가
돌아가셔서 그 옆자리에 함께 합장合葬해 드렸었다. 그런데 그
이후에 또 다른 풍수 전문가가 증조부모께서 모셔진 '땅속'에

'물'이 고여 있는 것 같다는 걱정거리를 알려 주어서(할아버지는 이런 이야기를 잘 믿으려 하지 않지만 후손들의 앞날을 생각해서 할머니와 깊은 논의 끝에) 산소를 옮겨 드리기로 했다.

실제로 '증조부모'님께서 잠들어 계신 산소를 파 보니 흥건히 물이 괴어 있었다. 괴이한 일이 아닐 수 없었다. 할아버지 할머니는 물이 흥건한 땅속에서 편히 쉬지도 못하고 계신 증조부모님 유해를 뵙고 퍽 죄송스러웠단다.

조상의 산소를 옮기는 일은 그리 간단하지 않은 일이었다. 할아버지나 할머니의 부귀영화를 위해서가 아니라 아비 어미 그리고 증조부모의 모든 자손들, 특히 '규성'이와 '지한'이가 건강하고 행복하게 잘 살기를 바라는 마음으로 산소를 옮겨 드렸다.

증조부모님의 산소를 시골집 뒷산인 화계산으로 옮기기로 결정하고 이장을 하는 과정에서 며느리인 너희 할머니가 큰 효심을 보였다. 산소 옮기기를 마친 후에 할머니는 할아버지에게 그렇게 말했단다.

"나는 전주全州 이李씨 효령대군孝寧大君 자손 가문에 시집 와서 이제 아버님 어머님께 할 마지막 도리를 다했어요. 우리 아이들이 잘되면 더 바랄게 없어요."

할아버지와 할머니는 그동안 열심히 살았고 이제 나이도 들었다. 이제 뭘, 얼마나 큰 영화를 바라겠느냐? 그저 부디 너희들 잘되기만 바랄 뿐이다. 돌아가신 너희들 증조부모님들도 아마 예전에 그런 심정으로 자손을 위해 기도하셨을 것이니까……

증조부모님의 새로운 산소는 화계산 자락에 좋은 자리를 잡아 주신 고마우신 스님 두 분의 헌신적인 도움이 있었음을 적어둔다. 우리 손자들도 꼭 기억했으면 좋겠구나.

조상님들의 산소는 좋은 자리만이 중요한 것이 아니라 늘 관심을 가지고 살피는 일이 중요한데, 그 일을 '성묘'라고 한다. 조상님의 '묘소를 살핀다.'는 뜻이지.

봄에는 4월 한식寒食 때 산소를 살펴보고, 여름에는 폭우나 장마철 큰비에 손상되지 않았는지 살피고, 멧돼지들이 공연히 산소를 파헤치지는 않았는지 수시로 살피고, 가을에는 추석 무렵에 금초(산소에 자란 잡초를 뽑고 풀을 깎는 일)를 하는 등 정성을 쏟아야 한다. 쉬운 일은 아니지만 그렇게 해야 한다. 조상을 생각하는 마음만 있으면 크게 어려운 일도 아니다. 과연 우리 손자들이 미래에 그렇게 할 수 있을까? ^^

지레 걱정은 하지 마라. 할아버지 할머니가 살아있는 동안은 할아버지가 산소를 돌보겠지만, 할아버지가 힘이 없으면 앞으로는 아비가 그 일을 해야 할 것이다. 그리고 한 세대가 지난 그 다음에서야 규성이와 지한이, 너희들 형제 차례니까. 이런 이치를 이해하거든 아비가 맡아서 성묘를 할 때부터 너희 형제는 '인턴'으로 견습을 해야 한다. ^^ 알겠느냐?

아직 먼 미래 이야기를 할아버지가 너무 일찍 이야기 한 것 같구나. 하지만 세월은 참 빠르게 흐른단다. 머지않아 우리 손자들이 훌쩍 커서 중고등학생이 될 테지? 할아버지도 예전에 중학생일 때부터 양평군 청운면으로 증조부를 따라다니며 성묘 법을 익혔다. 그때 중학생이었던 할아버지가 지금은 우리 손자들에게 이런 이야기를 하지 않니? 정말로 세월은 참 빠르기도 하지!

경기도 양평군 청운면 갈운리 일대는 너희 증조부의 본향으로
지금도 대소가 집안 일가가 많이 살고 조상님들 산소가 대부분
거기 있단다.

시대에 뒤떨어지는 것 같고 또 조금은 무거운 이야기를 했다만 사
람 사는 도리를 아는 것도 매우 중요한 일이다. 이다음에 우리 손자
들이 장성해서 지각知覺이 생기면 그때 할아버지가 하는 이 말을 이
해할 것이다.

3

자연을 느낄 줄 아는 사람,
생명의 소중함을 아는 사람,
자연의 이치에 따라 참고
기다릴 줄 아는 사람,
산새소리, 물소리 바람소리를 들으면 행복을
느끼는 그런 사람으로
손자들이 자라길 소망한다.

아비 없는 동안

다시 두 녀석에 관한 이야기를 하자. 아비가 캐나다에 가 있는 동안 어미는 사내 녀석들 '둘'을 돌보느라 무척이나 힘들었을 것이다. 화계산 할머니와 최근 수지로 이사하신 분당할머니(외할머니)가 틈을 내어 적극 돕기는 했지만 어미가 제일 힘들었다. 우리 손자 두 녀석도 어미를 얼마나 좋아하는지 잠시도 떨어지려 하지 않고 매달릴 정도였다. 그래도 어미는 늘 큰소리 한 번 안 내고 칭얼대는 요구를 다 받아 주었다. 할아버지가 보기에도 어미는 무던하기 짝이 없어 보였다. 손자들에 대한 어미의 인내심이 대견한지, 할머니는 그럴 때마다 어미에게 이런 주문을 하는 걸 봤다.

"어미야, 어미는 참 성격도 좋다! 그거 그렇게 다 받아 주지 말고 소리라도 좀 꽥 질러라! 등짝을 한 번 후려치든지…… 난 고모랑 애 비랑 키울 때 힘들면 그랬단다."

할머니가 한 이 말은 어미가 녀석들에게 무던히 인내하는 모습이 보기 좋고 또 한편 힘들어 보이고 안타까워서 하는 말이지 정말로 손자들을 퍽퍽 때려 주길 바라는 마음은 아니었다. ^^ 그런데 가끔 아이들 때문에 힘들면 아이 앞에서 어미가 혼잣말로 하소연하듯 "엄마는 규성이가 말을 안 들어서 속상해……"라는 말을 했던 모양이다. 규성이 녀석이 가끔, 무대 위에서 배우가 독백하듯 혼잣말로 "난 속상해, 난 정말 속상해……"라고 하기 때문이다. 그 꼴은 정말 우스웠다.

녀석들 집에서 묵던 어느 날, 고요한 밤중에 할아버지와 할머니가 잠자리에 누워서 들어 보니 손자들 방문 쪽에서 모기 소리만한 목소리가 계속 들려왔다.

"난, 속상해, 난 속상해, 난 속상해……."

"여보, 저게 무슨 소리요……?"

자세히 귀를 기울이니, 식구들이 모두 자고 있지만 누군가 좀 듣고 도와달라는 뜻인 듯 어둠 속에서 혼자 '속상하'고 호소하는 규성이 목소리였다. 어미는 잠이 들었는지 아니면 알고도 모른 척하고 있는지 '무반응'이었다. 한밤중 괴괴한 거실 어둠 속에서 혼자 독백하고 있는 녀석을 상상하며 할머니와 할아버지는 소리를 죽여가며 낄낄낄 얼마나 웃었는지. ^^

그리고 어느 날은 시골에 있던 할머니가 어미에게서 온 전화를 받다가 또 깔깔대며 웃음을 참지 못했다.

전화 내용인즉, 아침에 출근 전쟁(?)을 하는데 규성이가 칭얼대고 말을 안 듣자(아비는 아직 캐나다에) 생전 야단도 한 번 아니 치던 어미가 큰소리로 버럭 화를 냈단다. 그랬더니 죄도 없는 두 살배기 지한이가 '비상사태'에 깜짝 놀라서, 제 스스로 옷을 입으려고 바지를 들고 끙끙대며 수선을 떨더라는 것이었다. 그 이야기를 전해 듣고, 작은 녀석의 그 당황하는 모습이 상상돼 웃음이 터진 것이다.

말하자면 두 돌도 안 된 지한이 녀석에게 닥친 생애 첫 '비상사태'였던 것이다. 엄마의 큰소리에 겁에 질려 제 스스로 눈치를 보며 옷을 입으려 하다니 얼마나 우스운 일인가?

인간은 참 영리한 동물이다.

그 이야기를 듣고 나니, 불현 듯 아이들이 더 보고 싶었다. 평소 말 수가 적은 어미인데 그날은 어미도 우스웠던지 할머니에게 전화를 걸어서 이야기를 전한 것이다.

그렇다! 그렇게, 오늘도 우리 손자들은 자란다!

캐나다에 갔던 아비는 예정보다 일찍 3개월여 만에 돌아 왔는데 아마 업무도 힘들었지만 아이들이 무척 보고 싶었을 것이다. 동네 골목에 돌아다니는 남의 아이들조차 예뻐했던 아비인데 제 새끼를 두고 장기간 출장을 떠나 있었으니 얼마나 그립고 보고 싶었을까. 그나마 거의 매일 아이들의 얼굴을 볼 수 있는 인터넷 화상통화가 큰 위안이 되었을 것이다.

아비만 힘들었을까. 아이들과 남아 있는 어미도, 그리고 감정표현을 못하는 '아이들'도 힘들기는 아마 마찬가지였을 것이다.

할아버지가 관찰한 바로는 한시적이지만 아비가 없는 동안 어미가 회사에서 좀 늦는 날은 평소라면 잠자리에 들 시간이 지났는데도 어린것들이 눈을 반짝이며 잠들지 않으려고 했다. 그리고 엄마가 올 때까지 불편한 심기를 드러냈다. 가끔은 장난감을 집어 던지거나 장난감끼리 세게 부딪치는 동작을 지속하며 폭력적인 행동을 하곤 했다. 비록 잠시지만 할아버지 할머니는 그것이 걱정되고 마음 아팠다. 그래서 아이들에겐 아빠와 엄마의 '눈길'과 '손길'이 늘 가까이 있어야 한다고 생각했다.

아이들에 대한 부모의 눈길과 손길은 아이들에게는 세상의 그 무엇보다 우선하고 소중한 것이다. 아무리 바빠도…….

빗나간 청소년들의 상당수가 아니 대부분이 부모와의 문제 혹은 눈길과 사랑의 부족이 원인이라고 본다. 잠시 잠깐 엄마와 아빠를 못 보는 동안에 보이는 우리 아이들의 심리 불안과 행동의 일탈을 보며, 우리 사회에 부모의 눈길과 사랑을 제대로 느껴 보지 못하고 자라야 하는 아이들의 문제가 안타깝고 또 가슴 아프게 느껴졌다.

부모가 된 처지에서 가장 중요한 것은 열심히 일해서 아이들에게 더 아름다운 옷을 사 주고, 더 맛있는 음식을 먹여 주고, 더 큰 집에 살 수 있게 해 주고, 더 좋은 차를 마련해 태워 주는 것이 아닐 것이다. 고급스러운 옷이 아니어도, 더 맛있는 음식이 아니어도, 큰 집이 아니어도, 좋은 차가 아니어도 그저 일상의 '따뜻한 눈길'과 '사랑' 그리고 '손길'을 주는 것이라고 생각한다. ^^

아비는 캐나다에 근무하고 있는 동안에도 아이들 선물을 챙겨 보내곤 했는데 큰 녀석 규성이를 위해 '티라노사우루스' 공룡이 소포로 오기도 하고, 어린이용 아이스하키 유니폼이 오기도 했다. 규성이가 어깨가 과장된 까만 아이스하키 유니폼을 입고 포즈를 취한 사진은 앙증맞았다. 인상을 쓰며 헤드 프로텍터를 쓰고 있는 모습은 특히 더 귀여웠다. 부러워할 것 같아서 아이스하키 유니폼을 지한이에게도 입혀 보았으나 몸집이 안 돼 그 또한 가관이었다.

조금씩 커 가는 모습

어느 날 할아버지는 규성이의 성장 변화를 느꼈다. 그동안 그토록 정신없이 빠져들던 '꼬마버스 타요' 프로그램을 시큰둥하게 생각하고 잘 보지 않는다든지, 그렇게 들고 다니던 애착물인 호랑이 인형 '티거'를 조금씩 멀리한다는 소식이었다. 전에는 깜박 잊어버리고 놀이방에 간 날이면 할아버지가 뒤쫓아 가져다 준 적이 있던 '티거'를 종일 잊고 놀기도 하고, '티거' 없이도 잠을 자고, 동생 지한이에게 '티거'를 주기도 한다는 것이다. 그래 우리 규성이가 잘 크고 있구나!

한편 지한이도 1년 5개월쯤부터 말문이 조금씩 열리기 시작했다. 먼저 익힌 '아빠' '엄마' 외에 '밥' '물' 자동차의 '차' 할머니와 마시는 차의 '타', 할머니를 부르는 '함미', 할아버지를 부르는 '하바지' 또는 '하부지', 대답으로 '네'라는 뜻의 '으' 또는 '아'……. 아직 부정확하지만 그런 말들을 하기 시작했다.
둘째 지한이 말문이 열리기 시작하는 무렵, 녀석은 할머니 할아버지가 저를 재울 때 불러 주는 자장가를 여러 차례 듣더니 어느 날 자장가의 소절마다 '끝말'을 따라 노래 불러서 할머니와 할아버지를 또 놀래게 했다. 노래를 이해하고 '음'을 익힌 것이다.

잘 자라 우리 아가~
앞뜰과 뒷동산에~
새들도 아가 양도~
다들 자는데~
달님은 영창으로~
은구슬 금 구슬을~
보내는 이 한밤 ~
잘 자라 우리 아가~
잠잘 자거라~~!

이 노래를 부르면 아직 말도 못 배운 녀석이 소절마다 앞부분은 그냥 듣고, 박자를 딱 맞춰 '끝말'을 정확하게 따라 부르는 것이 아닌가! 물론 발음은 아직 불분명하지만.

ㅇㅇㅇ ㅇㅇㅇ가~!
ㅇㅇㅇ ㅇㅇㅇ에~!
ㅇㅇㅇ ㅇㅇㅇ도~!
ㅇ~ㅇ ㅇ~ㅇ데~!
ㅇㅇㅇ ㅇㅇㅇ로~!
ㅇㅇㅇ ㅇㅇㅇ을~!

○○○ ○○○ 밤~! ······.

그러다가 어느새 스르르 잠이 들면 온 방을 되는대로 구르며 잠을 자고는 아침이 오면 해님과 함께 방긋 웃고 깨어나는 녀석. 이 세상에 이렇게 아름다운 꽃이 또 있으랴!

안타까운 일이 있었다. 아비가 캐나다에서 근무를 마치고 귀국한 지 얼마 안 되어 지한이가 감기에 걸려 여러 날 앓더니 폐렴으로 진행돼 안양 한림대병원에 입원했었다. 제 형도 동생만 할 때 폐렴으로 큰 병원에 입원했었는데 그대로 따라 하는 꼴이었다. 지한이는 언제나 제 형이 하는 행동을 똑같이 따라 하는 '따라 쟁이'인데 따라 쟁이는 그것조차 따라서 하는지 원······. 안타까워서 병원으로 달려갔는데 그렇게 잘 먹던 녀석이 먹지도 않고 늘어져 있는 모습에 할아버지는 마구 눈물이 나려했다. 그러나 아프지도 않고 크기는 어려운 것이다. 그래, 아픈 것도 성장의 한 과정이 아니겠느냐.

2012년 어느 봄날, 할머니는 '규성이'를 위해 세발자전거를 사 주었다. 아마 할머니는 규성이가 꽤 많이 컸다고 생각하고 녀석이 자전거를 타는 모습을 보고 싶었던가 보다.

규성이를 데리고 장난감 가게에 가서 자전거를 사서는 할아버지 차에 싣고 바로 화계산 시골집으로 왔다. 자전거 주인은 우선 규성이지만 '지한이'도 동행했다. 잔디 마당이 있는 안전한 시골에서 시운전을 시켜 보려는 뜻이었다. 그런데 기대와는 달리 규성이가 아직 세발자전거를 제대로 타지 못했다. 일단 낭패였다. 페달을 밟아서 자전거가 앞으로 나가는 '원리'를 아직 이해하지 못한 듯 했고 페달

을 밟는 기운도 아직은 약한 것 같았다.

결국 할아버지가 자전거에 '두 마리'를 태우고 뒤에서 밀어 주거
나 끈으로 묶어 앞에서 끌어 주는 방법으로 대신했다. 손자들에게
자전거를 사주고 싶은 할머니의 조급한 마음은 이해하지만 할아버
지는 중노동(?)에 걸려들었다. ^^

따끈한 봄 햇살을 받으며, 세발자전거를 끌고 집 마당을 몇 바퀴
돈다는 것이 할아버지 나이에 얼마나 힘든지 모를 걸? 그래도 좋단
다, 할아버지는! ^^

흙강아지

2012년 봄부터 초여름까지는 비다운 비가 안 와 가뭄으로 메말랐다. 해마다 이맘때면 비가 적게 와서 농사일 등에 어려움을 겪곤 했지만 2012년의 봄 가뭄은 특히 심해서 방송과 신문에서는 108년 만의 혹심한 가뭄이라며 난리였다. 따라서 '아마추어' 농부로 16년째 농사 체험을 하던 할아버지는 농작물이 시들고 타들어 가는 모습이 마치 손자들이 목말라 하는 모습처럼 안타까웠다.

그런 가뭄에도 할아버지가 끈기 있게 물을 주고 가꾸어서인지 감자 농사가 예상보다 잘됐다. 할아버지는 그 감자를 우리 '강아지'들과 함께 캐고 싶었다.

할아버지는 머지않아 우리 손자들도 학교에 다니기 시작하면 도시의 시멘트 숲에서 살아야 한다는 것을 알고 있다. 그 점을 안타깝게 생각한다. 물론 그게 우리 손자들만이 겪어야 하는 안타까움은 아니다. 요즘 아이들이 거의 그런 환경에서 살아야 한다. 그래서 할아버지는 시간만 나면 녀석들을 시골로 데려와서 흙을 밟게 할 생각이므로 그 여름에도 녀석들과 흙을 밟으며 감자 캐기를 하기로 했다.

　마침 아비 어미가 볼일이 있어서 아이들과 함께 시골로 내려왔고, 녀석들에게 차양 모자를 하나씩 씌우고는 감자 밭에 풀어 놓았다.

　예상대로 규성이와 지한이는 흙장난이 좋아서 어쩔 줄을 몰랐다. 규성이는 좀 컸지만, 두 살도 안 된 지한이야 기저귀를 차고 감자 밭에 털썩 주저앉으니 뙤약볕 아래서 영락없이 '흙강아지'였다.

　그런 모습을 바라보는 할아버지의 마음은 좋기도 했지만 초여름 햇볕이 강해서 조금은 걱정도 됐다. 그리고 혹시 곱고 여린 맨발로 흙을 밟고 놀다가 무엇에 찔려 다치면 어쩌나 하는 걱정도 됐다. '파상풍'이 염려되기 때문이었다. 그래서 자주 녀석들 몸에 물을 적셔 주기도 하고, 수시로 덜렁 들어다 나무 그늘 아래로 피신을 시키곤 했다.

　그토록 할아버지는 감자 캐기보다 녀석들 돌보기에 더 신경이 씌었다. 어린것들에 대한 할아버지의 무리한 욕심이라는 걸 느끼지만 할아버지 할머니는 너희들을 그렇게, 흙을 밟고 놀며 자연 속에서 키우고 싶어서 그랬단다.

그런데 그날은 주말마다 할아버지네 시골집 밭에서 농사 체험도 하며 어울리던 할아버지 친구들도 오셨고, 예전에 할아버지와 방송국 아나운서로 같이 활동하시던 이세진 아나운서 할아버지, 전우벽 아나운서 할아버지도 놀러 오셨다. 그래서 감자 밭이 떠들썩할 정도로 사람이 많았는데, 두 녀석들은 아나운서 할아버지의 사랑을 듬뿍 받았다.

감자를 다 캐고 나서는 어두운 앞마당 산벚나무 아래 전깃불을 밝히고 떠들썩하게 저녁을 먹었다. 저녁을 먹는 자리에서 보여준 규성이 말솜씨가 아나운서 할아버지들과 또 교장 선생님 할아버지를 놀라게 했다.

할아버지는 이미 몇 차례 주고받았듯이, 그 무렵 규성이는 뭔가 맘에 안 들면 "이, 빵꾸 쟁이야!"를 외치곤 했다. 놀이방에 다니면서 또래들과 어울리며 배운 것이다.

그런데 그날 함께 계시던 아나운서 할아버지들이 귀엽다고 하시며 녀석에게 짐짓 장난을 걸며 껄껄 웃으니, 규성이 녀석은 손님 할아버지마다 색다른 이름을 붙여 응수했는데, 모두에게 다 똑같이 "빵꾸쟁이야!"가 아니라 한 분씩 새로운 이름을 붙여 겹치지 않게 "00 쟁이야!"라고 대거리를 했다.

한 가지 표현으로 응수하지 않고 순간순간 '색다른' 말을 여러 차례 한다는 게 쉬운 일이 아니기 때문에 아나운서 할아버지들은 "와 ~ 아나운서 할아버지보다 더 잘하네!"하시며 규성이 말솜씨를 칭찬해 주셨다.

칭찬 듣는 규성이를 보며 할아버지도 '은근히' 기분이 좋았겠지? ^^

침쟁이 할아버지네 집

'지한이' 이야기 하나.

2012년 여름은 가뭄에 이어 더위가 극심했다. 아비는 봄에 캐나다에서 돌아왔지만 어미와 함께 계속 회사일이 바빠서 할머니의 손길이 자주 필요했다. 녀석들이 놀이방에서 시간을 보내지만 여름이 되면서 체온 조절이 잘 안되는지 지한이는 특히 감기가 자주 들곤 했다.

아비가 캐나다에서 귀국하자마자 폐렴 진단으로 입원까지 했던 지한이는 그 얼마 후에 '수족구병'까지 걸려서 소동이었다. 놀이방 출입은 일시 중단이고 이종사촌 채은이에게 옮길까봐 사촌을 돌보시는 외할머니도 못 오시게 하고, 할아버지와 할머니가 비상 대기를 했다. 그렇게 잘 먹던 녀석이 입속이 아파서 자꾸 손가락으로 입속을 만지며 괴롭다는 시늉을 하며 먹지도 못하니, 녀석…… 할아버지와 할머니는 얼마나 안타까운지!

한 열흘 후에는 상태가 호전되고 회복 됐지만 걱정이 많았다. 그런데 지한이를 늘 '잘 먹고 튼튼한 녀석'이라고 하여 '돼지' 같은 녀석이라고 생각해서인지 할아버지가 한 번 말실수를 한 적이 있었다. 지한이의 '수족구병'을 '구제역'이라고 잘못 말해서 한바탕 웃었다.

지금은 '돼지'라도 좋다. 제발 '건강하게'나 자라려무나. ^^

그 수족구병이 끝나고도 감기와 발열은 계속 됐다. 놀이방에 다니는 남의 집 아이들도 다 그렇다고 한다. 그 통에 그저 약봉지와 체온계를 달고 다니던 무렵이었다.

어느새 다 큰 것 같은 규성이보다 둘째를 자주 봐 주는 사이에 더 정이 들었는지, 내리 사랑인지, 할머니는 '지한이'에게 푹 빠져 있었다. 이제 말을 몇 마디 하긴 하지만 말문이 아직도 터지지 않은 상태여서 지한이 녀석이 새로운 말 한 가지를 할 때마다 그것이 재롱이었고 웃음거리이던 무렵이었다. 어느 집에나 어린것이 있는 집은 마찬가지라.

그 무렵 할머니는 어깨에 통증이 심해서 침을 맞으러 양평 쪽으로 갈 일이 생겼다. 그런데 할아버지가 동행하는 조건이지만, 그 무더운 여름날 두 '마리'를 다 차에 태우고 안양 집을 출발해 양평을 가자고 했다. 그날은 금요일이었고 할머니 할아버지랑 주말여행을 떠나는 셈이었다. 침을 맞은 뒤에는 화계산 집으로 오면 된다는 그런 계산이었다.

상황이 좀 복잡했지만 할아버지는 할머니 생각에 동의했다. 다만 조금 걱정 되는 것은, '규성'이는 좀 커서 감당이 되지만 '지한'이에게는 무더운 여름 날씨라 약간 무리한 건 아닌지 내심 걱정이었다. 게다가 감기가 똑 떨어지지 않은 상태였으니.

세상에 태어나 '처음'으로 침쟁이 할아버지가 계신 곳엘 갔는데 어떻게 분위기를 알아차렸을까. 현장에 도착하자마자 두 녀석은 할아버지 품을 파고들며 마구 울어댔다. 예상도 못한, 참으로 희한한 일이었다. 어르고 달래고 먹을 것도 주며 "너희들에게는 침을 놓지 않는다."고 설명을 해서 겨우 울음이 그쳤다. 옆에서 침을 맞던 사람들은 두 녀석이 우는 모습을 보고 폭소했다. 그것 참, '침'이 아프다는 걸 어떻게 알았을까?

그러나 결국 변심한 할머니의 소곤소곤 간청과 침쟁이 할아버지의 배려(?)로 콧물을 멎게 하고 감기에 잘 걸리지 않게 해 주신다며 18개월 된 지한이를 꼭 잡고 따끔 따끔하게 침을 놓아 버리는데 성공했다. 그런데 녀석은 약간 찡찡거릴 뿐 거뜬히 침을 맞았다.

지한아! 할아버지 할머니가 침을 놓지 않겠다던 약속을 안 지켜서 미안하구나. 하지만 지한이가 아프지 말고 건강하게 잘 자라라고 그런 거란다. 너희들이 콧물을 흘리고 열이 날 때마다 할아버지 할머니는 늘 걱정이었다. '대장부'의 마음으로 할아버지 할머니를 이해해 주길 바란다.

침을 맞고 화계산 산골 집으로 돌아오는 차 속에서 할머니 할아버지는 지한이의 엉뚱한 노래 솜씨에 또 한 번 배꼽이 빠질 뻔 했었지! 제 형이 차 안에서 '어린 송아지'를 노래하자 함께 할 실력은 안되고 그 노래의 의미를 아는지 형이 '엄마 아~, 엄마 아~, 엉덩이가 뜨거워!' 할 때마다 끝부분 리듬에 맞추어 '아 뜨~! 아 뜨~!'를 하는 것이었다. '아 뜨'는 뜨거운 것을 만지려 할 때 경계심을 갖도록 하기 위해 가르친 말로 '앗 뜨거워!'의 축약형인 '앗 뜨!'의 의미다.

옛날이야기에 있듯 '새우젓 사~려!'에 맞춰 '두부~도!' 했다는 식이 아닌가. 귀여운 녀석들!

'형님'은 동생의 우상

이제 말을 배우기 시작하는 작은손자에게 할아버지가 정중하고 어려운 말을 가르쳐 보았다. 그중 하나가 제 형 규성이를 '형님!'이라고 부르게 만드는 작전이었다. 어린것에게 '형님'이란 발음이 어렵지만 자꾸 반복하니까 '엔님!'까지는 접근했다. 뒤뚱뒤뚱 아장아장 걷는 어린것이 두 살 위인 형에게 '형님!' '형님!'이라고 부르는 모습은 생각만 해도 우습고 귀엽다.

실제로 하루는, 작은 녀석이 놀이방에서 다른 반에서 놀던 제 형을 발견하고는 반가워서 달려들며 '형님(엔님~)!'하고 소리를 쳤다는데 주변에서 폭소를 했다고 한다. 규성이를 '형님'으로 대접(?)하기 시작한 것이다.

그런데, 그 얼마 후 외가에서는 '형님' 대신 '형아(엉아)!'를 가르쳐주어서 '엉아!'를 자주 쓰기 시작해 할아버지의 '형님' 작전은 혼란에 부딪쳤다. 그래, 말을 배우는 두 살 배기가 '형님~!'으로 부르게 해 본 것은 할아버지 할머니가 느끼는 재미였다. 이제부터는 발음이 되는대로 '엔님~!'이거나 '엉아~!'거나 두 녀석이 서로 부르고 대답하는 꼴이 보기 좋을 것이니 그렇게 하려무나. 말은 성장하며 자꾸 바뀌게 되니까.

그 무렵 규성이와 지한이의 격차는 점점 크게 벌어졌다. 규성이는 놀이방에서 영어를 배우는 모양이었다.

'오 마이 갓!'이라는 말로 할아버지를 놀라게 한 이후, 만화영화 시간에 신나게 주제곡을 따라 부를 때 들어보면 발음이 아주 자연스럽다. 어미가 읽어주는 동화책을 거의 외다시피 해서, 혼자 어림치고 책장을 넘기며 읽을 때도 그렇다.

'에이, 비, 시, 디, 이, 에프, 지....♬'어쩌고, '반짝반짝 작은 별'에 맞춰 '알파벳 노래'를 부른지는 꽤 되는데, 규성이는 요즘 놀이방에서 새롭게 영어 알파벳 '글자 익히기'를 하는 모양이다. (아니 벌써 영어를? 이게 잘하는 건지 원…….)

며칠 전 화계산 시골집에 와서 놀다가 기분이 좋아서 혼자 노래를 하는데 들어보니, "고깔모자 에이(A), 올록볼록 비(B), 꼬부라진 시(C), 반달 모양 디(D)……" 어쩌고 하면서 재미있는 알파벳 노래를 하는데, 음감과 노랫말도 예쁘지만 제비 주둥이 같은 입으로 노래하는 모습이 얼마나 예쁜지!

삼신할머니는 어쩜 그렇게도 우리 손자 '주둥이'를 예쁘게 만드셨을까!

이 무렵 여러모로 턱없이 실력이 달리는 두 살 배기 지한이는 규성이 '형님'에게 가끔 악다구니로 덤비며 '형님'과 대등한 기회를 가지기 위해 떼를 쓰고 또 장난감 쟁탈전도 하지만, 그 '형님'을 무척 좋아한다는 것을 할아버지와 할머니는 알 수 있다. ^^

아직 좀 이르긴 하지만 규성이는 지한이의 가장 가까운 '우상'이

다. 아이들이 자라는 과정에 보면 좋아하는 '형아'가 하는 행동이 멋지다고 생각해 '모델'로 삼는데, 한시적이지만 흔히 성장기의 '우상'으로 불린다.

'따라 쟁이' 별명이 말해주듯 지한이는 뭐든 '형님'이 하는 대로 따라한다. '형님'이 뛰면 뒤뚱뒤뚱 같이 뛰고, TV를 보면 같이 앉아 TV를 보고, 암기한 실력으로 동화책을 읽는 형을 보면 저도 동화책을 펼쳐 놓고 '어뚜뚜뚜' 동화책을 읽는다.

'따라 쟁이'가 하는 짓은 화계산 할아버지 집에 와서도 계속된다. 할아버지가 앞마당에 모닥불 자리에 불을 피우면 그 과정을 자세히 보고는 그대로 흉내를 낸다. 부산스럽게 모닥불에 부채질도 하고, 엎어질 듯 왔다 갔다 하며 땔나무를 집어다 불에 던진다. 할아버지가 불집게로 모닥불 주변을 정리하면 이내 매콤한 연기에 콜록거리면서도 그 고사리 손으로 불집게를 잡고 흉내를 내고야 만다. 귀여운 원숭이다!

'형님'이 모래 더미에 앉아 '두껍아!'를 하면 저도 따라 하고, 연못에 돌을 던지면 저도 던지고, '형님'이 '모리'가 사는 개장에 가면 저도 쫓아가서 개 앞아 쪼그리고 앉아 알 수 없는 말을 재잘거리며 대화를 한다.

그럴 때 할아버지는 '지금 영혼이 맑은 이 아이들은 정말로 모리와 서로 알아 듣는 이야기를 하고 있는지도 모른다.'는 생각을 한다. 그러는 녀석들을 바라보노라면 할아버지는 입이 다물어지지 않고 웃음이 절로난다. ^^

그렇게 우상을 따라서 행동하다가도 '형님'이 자전거를 타려는 걸 보면 저도 타야 된다고 다가가서는 '형님'에게 운전석 앞자리를 내

놓으라고 떼를 쓰며 잡아당긴다. 마음 약한 규성이도 늘 쉽게 양보하지는 않아 가끔은 실랑이가 벌어지는데, 할아버지의 중재로 "형님 한 번 타고 그 다음!"이라는 약속이 받아들여져서 평화롭게 자전거를 타기도 한다. 그럴 때 할아버지는 1마력짜리 엔진이 되어 귀여운 토끼 두 마리를 태운 자전거를 끌고 잔디밭을 이리저리 왕복하며 행복한 운동을 한다. 할아버지 운동은 지한이가 운전석을 차지하는 약속이 지켜지고, 규성이와 같은 시간 동안의 '운행'을 한 뒤에야 끝이 난다.

라이벌도 아닌 라이벌인, 그런 두 녀석이지만 아침에 자고 일어나서 배시시 웃으며 거실에 나와 형 아우 함께 어루만지고 끌어안고 기대며 노는 모습은 정말 혼자 보기 아까운 정경이다. 어쩌다 아비와 어미를 떨어져 할아버지 집에 온 날은 그런 풍경을 폰 카메라에 담아 수시로 '카톡'으로 날린다. 아비와 어미에게!

기록하지 않으면 잊혀지는

하루는 아들 내외의 사정으로 '할머니'만 안양 집에 가서 두 녀석을 돌보고 있던 날인데 할아버지가 녀석들 집에 당도했더니 반쯤 지친 할머니가 잠시 방에 들어가 누워 있었던 상황인 듯 했다. 규성이도 안 보이고 '지한이' 혼자 거실에서 장난감을 가지고 놀고 있었다. 할아버지를 본 지한이는 가재처럼 두 팔을 활짝 벌리며 달려들었다.

"지한~! 규성이 형님은 어디 있어?"

녀석은 즉시 오른 손바닥을 제 오른 뺨에 대고 고개를 갸우뚱 눕히더니, '코~!' 자는 흉내를 냈다.

"오 호 호 호 호! 규성이는 자고, 그럼 할머니는 어디 가셨니?"

이번에는 녀석이 두 손을 펴서 제 눈을 척 가렸다. 응? 이게 무슨 뜻이지? 순간 할아버지는 폭소를 했다.

"아하하하! 할머니는 안 보인다고? 하하하하!"

형님은 자고 있고 할머니는 어디 계신지 안 보인다. 아직 말은 못하지만 녀석은 할아버지 물음에 훌륭한 대답을 한 것이다.

세상의 부모들, 특히 엄마들은 다 동의할 것이다. 아이들이 성장하는 과정을 보면 정말 깜짝깜짝 놀랄 일이 한 두 가지가 아니다. 놀랍고, 귀엽고, 신기하고, 탄성이 저절로 나고, 우습고, 때로는 눈물이 찔끔 나도록 아름다운 아이들 성장 과정! 그러나 시간이 흐르고 또, 일상의 일이 힘들고 바쁘다 보니 몇몇 이야기를 빼고는 그때그때 그 순간의 일을 다 기억하지 못하게 된다. 육아일기를 쓰는 엄마들이 있지만 그걸 지속적으로 쓸 여유가 있는 엄마들이 그렇게 많지도 않은 게 현실이다.

할아버지가 이렇게 사회 활동을 잠시 쉬는 여유 시간을 이용해서 우리 두 손자 성장기를 작은 흥분으로 소상하게 기록하고 있는데, 사실 우리 손자들만 특별한 것은 아니다. 우리의 모든 아이들을 사랑으로 관찰해 본다면 몸의 성장이나 지능과 정서의 변화에 경이로운 일이 참으로 많다는 것을 느낄 것이다.

그러나 그 모든 것을 하나도 빠뜨리지 않고 기록하기란 불가능해 보인다. 아이들과 항상 같이 있을 수 없어서 손자들과 함께 생활한 날이나 직접 만났을 때의 일을 중심으로 기록하고, 어미 아비로부터 전해들은 이야기를 보태 함께 기록하는 방식으로 이 글을 쓴다. 또 아이들의 이야기를 그때그때 바로 기록할 수 없어서, 어떤 내용은 시간이 지난 뒤에 곰곰 생각해내서 쓰고, 잊혀질 뻔한 이야기를 기억해 내고는 무릎을 탁 치며 쓰기도 한다. 그러나 간혹 재미있던 지난 일들이 떠오르지 않아 안타까워하기도 했다. 먼 후일에 보면 의미 있고 아름다울 이야기들인데……. ^^

아이들이 하루하루 커 가는 모습은 눈에 보이는 듯 아닌 듯하지만, 한 주일 정도 못 보다가 만나면 키도 쭉 늘어난 것 같고 몸도 좀 불어난 것 같다. (당연히 조금이라도 크긴 컸겠지만) 아마 실제로 큰 것 보다는 '빨리 빨리 크기를 바라는' 할아버지 할머니의 바람 때문에 더 그렇게 보일 것이다. 어쨌건 빨리빨리 그리고 건강하게 커서 가방 메고 학교에 가는 꼴을 좀 봤으면 좋겠다는 생각이다.

그런데 몸의 성장과 함께 두 녀석의 판이한 성격적 특징이 두드러져 퍽 흥미롭다. 주변에서 녀석들을 자주 보는 사람들 말을 종합해 보아도 공통적인 의견이 나온다. 더 두고 봐야 할 일이지만 흥미 있는 차이임에 틀림없다.

규성이의 꼼꼼함과 세심함을 느낄 수 있는 일이 있다. 어느 날 시골집에 왔을 때였다. 아이들이 할아버지 집에 오면 으레 '모리 네 집'(개 집)을 찾아가 모리와 인사를 한다. 널찍한 개장 출입문 개폐 장치는 어른들이나 쉽게 이해할 수 있는 방식으로 돼 있다. 문을 열고 개장 안으로 들어가면 열렸던 문이 스르륵 원상으로 돌아오며 자동으로 철컥 닫힌다. 따라서 생각 없이 문을 열고 들어갔다가는 안에서 다시 나올 때 문을 열기 어렵게 되어 있다.

처음 개장에 들어갈 때 개장 문의 그런 특성을 녀석에게 설명해 준 적이 있었다. 그날 할아버지 집에 도착해서 모리 집에 들어가는 할아버지에게 "할아버지, 문을 살살 잘하세요!"라고 하는 것이 아닌가! 세심한 기억력이 놀라울 뿐이다.

규성이는 시골집 거실에 있는 분합문 문지방에 '유성' 필기구로 작게 표시해 놓은 '화살표'를 보고도 그냥 지나치지 않았다.

"할아버지 이게 뭐예요?"

그 화살표는 4짝으로 된 분합문의 정확한 정지 위치를 표시해 놓

은 할아버지만의 부호였다. 할아버지는 그런 규성이의 눈썰미에도 그저 놀랍고 대견하기만 하다.

규성이가 장차 성장해서 혹시 '문학'을 하거나 '예술'을 하게 된다면 그런 놀라운 '관찰력'과 '세심함'이 큰 힘이 될 것이다. 그리고 규성이가 말을 할 때 그 표현력 또한 놀랍다.

그 여름 어느 주말, 시골집에 왔던 녀석이 현관에 들어서며 한 말에 할머니는 감탄을 연발했다.

"할머니! 시골에는 매미 소리가 가득해요."

"어머나, 우리 규성이 말하는 것 좀 봐! 매미 소리가 가득해?"

네 돌이 안 된 아이의 표현이 이럴 수가!

그래, 풀벌레 소리 같은 아주 작은 자연의 소리나 나비의 날갯짓 소리조차도 잘 들을 우리 규성이 예쁜 귀에 시원한 매미 소리가 얼마나 크고 아름답게 들렸겠니? "매미 소리가 가득하다!"라는 그 표현이 마치 시詩같고 아름답기만 하구나.

슬프게도(?) 요즈음, 할아버지는 청력이 예전 같지 않다는 것을 가끔 느낄 때가 있다. 아나운서 시절, 젊은 가수들의 라이브 콘서트 현장에서 MC를 할 때 고막이 찢어질 듯 자극적인 고음을 많이 들어 '고주파'의 특정한 소리를 인식할 수 없는 '부분적 난청'이 시작됐단다. 그 이유로 해마다 즐겨 듣던 아름다운 매미 소리를 어느 해부터인지 즐기지 못하고 있었는데 우리 손자가 조잘조잘 예쁜 말로 '매미'가 울고 있음을 알려 줬구나! "할아버지네 시골에는 매미 소리가 가득하다!"고. 우리 규성이 '생 큐!' ^^

두껍아, 두껍아!

어느 날 할머니가 아이디어를 냈다.

"여보, 아이들이 오면 맘껏 놀게 모래를 사다가 모래밭 놀이터를 만듭시다."

'모래밭 놀이터라?' 할아버지 생각에 그건 좀 사치스럽지 않을까 하는 느낌이 들었다. 그래서 일단 동네 건재상회에 전화를 걸어봤더니 의외로 가격 부담이 적었다. 모래 1톤에 8만원! 비교하자면 쓸 만한 장난감 자동차 한 대 값 정도일 것이다.

할아버지는 손자들이 시골집에 오면 마냥 반갑고 좋다. 하지만 늘 염려하는 것은 혹 아이들이 뛰어 놀다가 돌밭에 넘어져 다치기라도 하면 어쩌나 하는 마음이다. 시골집은 할아버지가 그동안 살면서 잘 다듬고 가꾸었지만 집터는 예전에 화전火田으로 쓰던 산골 땅이라서 아직도 돌멩이가 여기저기 툭툭 튀어 나와 있다. 조심성이 있을 리 없는 녀석들이 놀다가 넘어지면 어쩌나 해서 자주 깜짝깜짝 놀라곤 한다.

그래서 할머니 제안에 동의한 할아버지는 모래를 주문해 마당 한 귀퉁이에 모래밭 놀이터를 만들었다. 말하자면 오래 쓸 큰 '장난감'이 하나 생긴 셈이다. 할머니는 손자들이 모래 장난을 할 때 쓰라고 전복껍데기나 조개껍데기를 모아 두었다가 주고, 할아버지는 모래 위에 낙엽이 떨어지면 매일 깨끗하게 쓸어 주고 청결한 놀이터가 되도록 힘썼다.

두 녀석은 할아버지 할머니가 만든 모래밭에서 두꺼비집 놀이도 하고, 모래 퍼 나르기도 하며 강아지들처럼 놀았다. 아이들에게 '놀이'는 '일'이며 '운동'이다. 이 순간에도 녀석들은 크고 있겠지. ^^

엄마 아빠를 기다리는 마음

어느 날 아비로부터 시골집으로 SOS 전화 연락이 왔다. 아비 어미가 퇴근 후 회식이 있어서 저녁시간에 아이들을 돌봐 달라는 요청이었다. 드문 경우였다. 할머니 혼자는 체력 감당이 안 되니 할아버지도 거들기로 했다. 손자들도 만날 겸 '그거 잘됐다!'며 아이들 집에 올라가 녀석들을 인계받았다.

녀석들은 아빠 엄마가 없고, 할머니가 보호자라는 사실을 즉시 알아채고는 할머니를 좋아한다며 눈치 빠르게 '할머니 지배 적응' 모드로 들어갔다.

그러나 곧잘 놀다가 밤이 깊어지자 태도가 달라지기 시작했다. 평소 같으면 잠자리에 들어가야 하는 시간이 됐는데도 엄마 아빠만 기다리며 통 잠잘 생각을 하지 않았다. 큰놈은 물론 작은놈까지 칭얼대며 엄마를 찾았다. 우리(할머니 할아버지)도 덩달아 아비 어미가 빨리 오기를 고대하며 마음이 조급해졌다.

"지한이 자자……"

여느 때 같으면 할아버지가 덜렁 안아 가슴과 어깨에 얹고 등을 토닥이며 조용히 자장가를 부르면 새근새근 잠이 들었다. 그런데 자장가를 불러도 자려 하지 않았다. 할아버지는 녀석을 재워 보려고, 알고 있는 자장가를 몇 번씩 반복해서 불렀다. 목이 쉴 지경이었다. ^^

잘 자라 우리 지한이 앞뜰과 뒷동산에
새들도 아가 양도 다들 자는데
달님은 영창으로 은구슬 금구슬을
보내는 이 한밤 잘 자라 우리 지한이
잠 자거라!

"지한이 자니……?"
자장가를 끝내고 살며시 확인했다.
"……."
녀석이 고개를 번쩍 들었다.
"자, 지한이 자장!"
다시 자장가를 불렀다.

자장, 자장 예쁜 지한이 자장
꽃같이 어여쁜 우리 지한이
귀여운 너 잠 잘 적에
하느적, 하느적 나비 춤춘다.

"……지한이 자니……?"
"……."

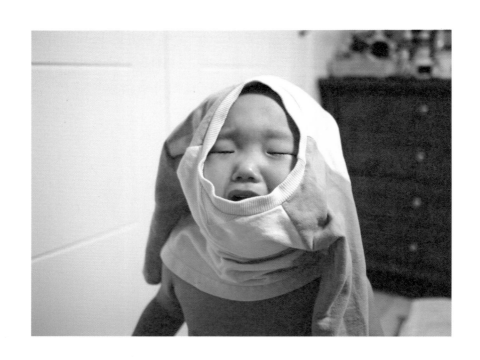

"할아버지 자장가 다 떨어졌다. 자, 우리 지한이 자장!"

자거라. 자거라. 귀여운 우리 지한이
꽃 속에 잠들은 벌 나비같이
고요히 눈 감고 꿈나라 가거라.
하늘의 저 별이 찾을 때까지.

녀석은 그래도 잠들려 하지 않았다.
그날 지한이를 위해 자장가를 부르다, 할아버지는 옛일이 떠올라 그만 눈물이 핑 돌았다. 녀석의 아비와 고모를 키우던 옛 생각이 났기 때문이었다. 지한이를 재우려고 부르던 자장가는 할아버지가 아비와 고모를 안고 부르던 바로 그 자장가였다.

시집살이에 살림이 벅찬 할머니를 돕기 위해, 할아버지가 아비와 고모를 재우며 자장가를 부를 때가 많았었지. 어떤 때는 자장가를 부르던 할아버지가 졸기도 했다. 할아버지도 방송국 일이 너무 많아 피곤하던 때였단다.

밤 11시가 넘었는데도 규성이는 훌쩍훌쩍 눈물을 훔치며, 엄마 아빠가 올 때까지 자지 않겠다고 계속 버텼다. 녀석은 12층 아파트에서 창밖을 내다보며 넓고 어두운 아파트 광장으로 들어오는 자동차 불빛 가운데 '아빠 차'를 찾으려고 애쓰는 모습이었다.

어린것들에게 '아빠'와 '엄마'의 존재는 세상의 '모든 것'이 아니겠는가!

몇 시였는지, 정말로 규성이가 아빠 차 '전조등' 불빛을 알아차리고 소리쳤다.

"아빠 차다!!!"

녀석의 그 한마디에 모든 것은 해결 됐다. 그래, 할머니 할아버지가 아무리 잘해 준들 무슨 소용이 있겠니? 아빠 엄마가 최고지!

녀석들……. ^^

할머니의 직감

어느 날 아비가 안경을 새로 맞췄다고 들었다. 집에서 벗어 놓은 안경을 못 찾았기 때문이라는 것이다. 이상한 일이다. 집에 벗어 놓은 안경을 못 찾다니, 젊은것들이 원.

하루쯤인가 지난 뒤 규성이와 할머니만 집에 남고 나머지 식구들이 모두 나가고 없었다. 아비 안경 사건이 있은 후 할머니가 곰곰 생각해 보니 규성이가 의심스러웠다. 아이를 키워 본 할머니의 직감이었다.

"규성아, 아빠 안경이 어디 있는지 할머니랑 찾아볼까?"

이 한마디에 규성이는 홀랑 넘어갔고, 제 방 어디엔가 숨겨 두고 아비의 관심을 끌려던 야심찬 안경 감추기 작전은 끝나버리고 말았다.

"아이고 예쁜 우리 규성이가 아빠 안경을 찾았네!"

안경을 감춰 놓고 녀석이 그동안 얼마나 마음을 조였을까? 할머니의 지혜에 넘어갔고, 안경을 찾은 뒤에는 칭찬과 함께 규성이는 마음이 평화로워졌을 것이다. 그리고 할머니는 규성이를 따뜻한 말로 다독이며 앞으로는 그러지 말라고 타일렀다.

2012년을 흔든 가수 '싸이' 열풍!

"규성아, 말 춤 춰 봐!"

네 돌이 가까워 오는 규성이는 '유 튜브'에서 '싸이'의 '말 춤' 영상을 본 뒤 아주 흡사하게 말 춤을 추곤 했다. 규성이는 '싸이'의 CF 내용까지 배워서 '오빠, 유풀(플러스) 스타일!'어쩌고 하면서 꽤 괜찮은 발음으로 흉내를 냈다.

형이 춤추는 모습을 본 지한이도 고사리 같은 두 손을 교차시켜 흔들어 대며 덩실덩실 말 춤을 췄다. 두 돌도 안 된 작은 녀석이 형을 따라.

과연 2012년은 '싸이psy'라는 우리나라 가수의 노래, '강남 스타일Gangnam style'이 전 세계를 흔들었던 해였다. 우리 집 어린것들까지 '말 춤'을 춘다며 흔들어 댔으니까.

"지한이는 강남 스타일!"

나중에는 할머니가 시골집에서 전화를 걸어서 통화를 하다가 지한이에게 '지한이는 강남스타일!' 하고 소리치면 녀석이 안양에서 흔들어 댈 정도였다. 안양과 화계산은 동시에 폭소!

세월이 지나고 난 뒤에 보려무나. 그때를 위해 할아버지는 이런 것까지 기록해 놓는다. 어른이 된 뒤에 보면 아련한 옛이야기가 될 것이다.

추억, 할아버지가 손자들에게 '추억'을 만들어 주려고 했던 일이 또 있다. 세발자전거가 잘 굴러가고 재미있긴 하지만 아비 세대까지도 유행했던 '비료포대 썰매 타기'도 손자들이 자지러지게 좋아했던 놀이였다. 비료 포대에 끈을 매 아이들을 태우고 시골집 잔디밭에서 끌어 주면 궁둥이가 간질거려서 그런지 깔깔대며 좋아했다. 손자들은 산타 할아버지처럼 썰매에 타고 있고, 할아버지는 루돌프 사슴이었다. 루돌프는 썰매를 끌며 신이 났었지!

할아버지가 하늘에 감사할 것은, 아직 관절염에 시달리지 않고 비료 포대에 어린것들을 태우고 끌어 줄 만큼 힘이 남아 있다는 것이다. 만약 몸이 아파서 그럴 수 없다면 얼마나, 얼마나 안타까웠을까. 그러니 그저 감사할 일이다. ^^

추억거리는 또 있다. 2012년 가을, 추석이 막 지나며 시골집 밤나무 밭에서 녀석들과 알밤 줍기를 했다. 1997년에 할아버지가 심어 15살이 된 밤나무 들이 올해도 가을 햇살을 받으며 실팍한 알밤을 쏟아 놓고 있었다.

어미와 함께 알밤을 줍는 녀석들의 꼴을 바라보며, 할아버지는 아이들이 이다음에 억척스럽게 잘 살 것 같은지를 점치고 있었다. 노력 없이 공것을 바라지 않고, 남의 것 탐내지 않고, 지나친 욕심 부리지 말고, 더불어 잘 지내며, 무엇보다 제 힘으로 열심히 살려는 낌새를 녀석들에게서 벌써부터 느껴 보고 싶은 마음이랄까. 할아버지의 사랑이자 욕심 같은 것이지.

음 그래, 또 한 가지 가르쳐 줘야 할 것이 있었다. 주운 알밤을 모닥불에 구워 주면서, 안전 교육도 시켰다. 밤을 굽기 전에 겉껍데기를 조금 벗기는(칼집 내기) 걸 보여 주고, 왜 그렇게 해야 하는지 그 이유를 설명했다. 이어서 알밤 껍데기에 칼을 대지 않은 채 불에 넣어서 '펑!' 터지는 실험까지 실감나게 했다. 교육 효과를 높이기 위해서였다. 할아버지가 없는 데서 밤을 불에 넣었다가 밤이 터져서 놀라거나 다치는 일은 없어야 하니까. 알겠느냐, 요 녀석들아. ^^

규성이는 그 정도면 이미 확실한 교육이 됐겠지만, 더 어리고 성

격이 급한 지한이는 할아버지의 알밤 굽기도 '지한이 스타일'로 받아 들였을지 모른다. ^^ '밤을 구워 먹을 때는 밤을 뻥뻥 터뜨려야 한다거나 밤을 모닥불에 넣으면 펑하고 터지는 게 아주 재미있다.'는 뜻으로 생각했을지 모를 일이다.

작은 녀석은 놀이방에서도 '주민 번호'도 낮은 주제에 아무에게나 막 덤벼서 때리기도 하고, 가끔 힘이 달리면 물기도 해서 친구들을 울려 놓고 '집단'으로 문책을 받기도 하는 모양이다. 그러면 외톨이가 된 불쌍한 동생을 규성이 형이 끌어안고 위로해 준다던가? ^^

나쁘게 편드는 것 같지만 그 광경을 생각하니 눈물이 찡 나려고 한다. 작은놈은 사고치고 큰놈은 뒷수습하고……. 안 보고도 상상이 되는 웃기는 장면이다. 저희들끼리 형제랍시고!

어쨌건 요 녀석은 아무래도 겁이 없다. 그러니 좀 더 크면 알밤 굽기 교육도 단단히 다시 시키고 '주민 번호'가 낮은 놈의 세상 사는 도리를 다시 가르쳐 줘야 할 것 같다.

그래도 할아버지 할머니, 특히 '할머니'는 그런 지한이를 은근히 응원한다. 이 녀석이 크면 무엇이 될까 궁금해 하고 기대 또한 크단다. ^^

장난꾸러기들의 호기심과 열정

"아자찌!"

'아자찌'는 지한이의 발음으로 '아저씨'라는 말이다.

규성이가 그랬듯이, 아직 말도 제대로 못하는 지한이도 가끔 장난기가 발동하면 할아버지를 그렇게 부른다.

"아자찌! 아자찌!"

그 말이 재미있는 모양이다.

아직 말을 제대로 못하는 녀석이 그 말을 어디서 배웠는지 추적해 보니, 짓궂은 장난을 못하게 말리거나 가벼운 주의를 줄 때 "아이고, 아저씨~!"라고 말하는 어른들의 말을 흉내 내는 것 같다. 제 형에게서도 배웠을 것이다. 그리고 언젠가 들어 보니 할머니도 녀석에게 "아이고, 아저씨! 왜 이러시나!"라고 했다. 녀석이 그걸 재미있다고 배운 것 같다. 그리고는 할아버지를 향해 써먹어 보는 것이다. '아저씨'를 발음하기 좋게 '양성 모음'으로 변형해서 '아자찌!'라고.

"어허, 이 녀석이!"

할아버지가 그러지 말라고 "어허"하면 녀석은 더 신이 나서 반복한다.

"어허 아자찌! 아자찌! 아자찌, 아자찌! 아자찌~~~!"

'아자찌'를 반복하며 녀석은 지금 호기심 가득한 생각으로 말을 배우고 있는지도 모른다.

그런데 유의해서 들어 보면, 지한이의 '아자찌'는 단순하고 규성이의 '아저씨'는 상대편을 나무라거나 핀잔할 때, 곧 기분이 썩 좋지 않을 때 쓴다.

어느 날 규성이가 할아버지를 향해 말꼬리를 올리며 말했다.

"알았걸랑요, 아저씨!"

분석해 본다면 퍽 능숙한 억양이다. 이것도 아마도 놀이방에서 선생님으로부터 자주 듣던 억양을 흉내 낸 것이 틀림없다.

언어는 '억양'과 '강약' 등에 따라 표면상의 뜻과는 다른 미묘한 부차적 의미를 그 속에 넣을 수 있는데, 녀석이 벌써 그걸 느끼고 있는 것인가?

다시 규성이 이야기

"할아버지, 쉬 마려워요!"

기저귀와 '바이, 바이!' 한 지 꽤 된 규성이는 용변 훈련이 거의 완벽해서 집에서는 화장실로 데려다 주고 바지가 젖지 않도록 옷만 내려 주면 깔끔하게 소변을 본다. 물론 긴 겨울밤에도 '실수'를 하지 않는다. 야무진 놈.

대변은 기저귀를 벗어던진 초기에는 어린이용 보조 변기를 사용했다. 네 돌 이후는 변기에 앉혀만 주면 성인용 변기에서도 두 팔로 짚고 버티며 어른스럽게 용변을 본다. 그때도 꼭 하는 말이 있다.

"할아버지, 나가세요."

용변하는 모습을 보이고 싶지 않은 것이다. 동물 본능적이기도 하지만 할아버지 마음속에는 '그래, 양반이다! 암, 그래야지!' 하는 말이 절로 나온다. 대견해서 하는 말이다. 그렇게 커야 한다. 어른이 되어도 수치심을 모르는 세상이 아니더냐.

"할아버지, 다 누었어요!"

"오, 그래!"

속전속결이다. 우리 손자 건강하구나. 용변 처리를 기다리던 할아버지 비서는 휴지를 준비해서 복숭아 모양 같이 어여쁜 녀석의 뒤를 말끔하게 닦아 준다. 여러 번 닦을 것도 없이 '원 터치'면 끝이다. 왜냐하면 녀석이 변기에 남긴 것은 딱 '밤고구마' 한 덩이니까. ^^

그 '밤고구마' 한 덩이를 밀어 내려고 변기 물을 내리려 하니 녀석이 다급하게 소리쳤다.

"할아버지, 뚜껑을 닫고 물을 내려야지요!"

"오 참, 그렇지! 그런데 그건 누가 가르쳐 줬나?"

"아빠가요!"

훌륭한 교육이다.

용변에 관해 특이한 것을 한 가지 더 말하자면, 녀석은 더 어려서 기저귀를 차고 있을 때도 똥을 싸고 있으면 어느새 슬그머니 구석진 방으로 들어가거나 커튼 뒤에 숨어서 은밀하게 행사를 했다. 그 점도 기특했다. 용변 모습을 보이지 않으려는 자존의 본능과 부끄러움 같은 게 작용한 것 같았다. 예쁘구나. 사람 새끼가 다르구나.

"할아버지, 쉬 마려워요!"를 외친 그 날은 시골에 와서 정원에서 놀고 있던 중이었다.

"쉬? 가만있자. 어느 나무에 규성이 '오줌거름'을 줄까?"

"할아버지, 조~기!"

규성이는 시골집에 와서 놀다가 쉬가 마려울 때면 집 안으로 뛰어 들어가지 않고 '아무 데나' 특히 '나무'가 서 있는 곳에 오줌을 누면 된다는 것을 이미 알고 있다. 규성이 오줌을 좋아하는 나무들이 규성이 쉬를 먹고 무럭무럭 자란다는 걸 할아버지로부터 소곤소곤 교육 받은 적이 있기 때문이다.

그날은 '장미나무'에 쉬를 했다.

"이제 장미나무가 규성이 쉬를 먹었으니 내년에는 예쁜 꽃이 많이 필거야. 나무에 쉬를 하는 것은 시골에서만 해야 하는 거야, 알았지?"

"네, 할아버지!"

소변을 성공적으로 보고나서 녀석의 손을 잡고 길을 걷다가 길옆에 죽은 쥐 한 마리를 발견했다. 신기한 일이었다.

그날 녀석이 시골집에 당도하자마자 할아버지에게 쥐에 대해서 물었고, 쥐를 보고 싶다고 했다. 아마 TV나 놀이방에서 쥐에 대한 이야기를 들은 것 같다.

하지만 보여 달라고 해서 금방 쥐를 보여줄 수 있는 것도 아니라서, "쥐는 굴속에 살고 지금 어디에 숨어 있는지도 모르니 나중에 보여 주마."라고 했는데 마침 길옆에서 쥐를 발견한 것이다.

규성이는 쥐를 보자 무서워하거나 놀라지 않고 "예쁘다!"고 했다.

"쥐가 예쁘다고?"

"네, 할아버지."

　겁이 많은 녀석인데 이건 의외였다. 아마도 TV 애니메이션에서 본 쥐의 '캐릭터'에 익숙한 때문인 듯 했다.

　그렇다면 바로 그런 점이 아이들의 교육에 어떤 힌트가 될 수 있다고 본다. 선입견을 갖거나 획일적인 생각만 갖도록 해서는 곤란하다는 것이다. 할아버지 세대가 가지고 있는 '쥐'에 대한 생각은 '해로운 동물, 곡식을 축내며, 전염병을 옮기는 백해무익한 동물'이다. 그런데 녀석은 죽은 쥐를 보고 '예쁘다'고 했다.

　그래서 할아버지는 죽은 쥐에 대해서 왜 죽었을까를 설명하고는 규성이와 함께 길가 수풀 속에 땅을 파고 곱게 묻어 주었다. 규성이가 없었으면 거름더미를 깊이 헤치고 거기에 묻어 버렸을 것인데. 할아버지가 규성이에게 감화를 받은 셈이다.

그때 할머니가 집 안에서 소리쳤다.
"여보, 음식물 쓰레기 좀 버려 주세요!"
할머니가 할아버지에게 늘 시키는 일인데, 할아버지는 음식물 쓰레기를 그날그날 받아서는 집 주변에 심은 여러 나무 밑을 파고 거기에 거름으로 묻는다. 그러면 나무들이 튼튼하게 잘 자란다. 열매도 많이 달릴 뿐 아니라 음식물 찌꺼기도 냄새 안 나게 깨끗하게 처리할 수 있어서 일석이조—石二鳥로 좋다. 그 과정을 규성이에게 보여 주며 환경 교육을 시켜야 되겠다고 생각한 것이다. 조금 전에 '쉬'를 해서 나무에 거름을 준 뒤라서 녀석에게 연관 교육이 될 것이다.
"할아버지, 음, 어…… 그걸 모리에게 안 주고 왜 거기에 묻어요?"
남은 음식을 모리에게 주는 걸 본 적이 있는 녀석이 물었다.
"음, 이건 음식물 찌꺼기라서 지저분해. 그래서 모리가 먹을 수 없어. 그 대신 이걸 나무 밑에 묻어 주면, 나무가 '뿌리 빨대'로 음식을 쪽쪽 빨아먹고 무럭무럭 자라는 거야."
그런데 일주일 후, 까맣게 잊고 있었는데 할아버지 집에 또 놀러 온 규성이는 집에 도착하자마자 호미를 찾아들고 곧장 그 나무로 달려가더니 음식물 찌꺼기를 묻은 자리를 정확히 파고 있었다.
할아버지가 물었다.
"규성이 뭐해?"
"다 빨아 먹었나 보려고요."
오 호, 얼마 전에 음식물찌꺼기를 묻으며 했던 말이 생각나는 순간이었다. 얼마 있으면 네 번째 돌이 돌아오는 녀석! 아니~, 아직 네 돌도 안 된 녀석의 이 놀라운 생각과 관심! 할아버지는 가슴이 두 근거릴 정도로 좋다.

　그 얼마 후 규성이의 네 돌 생일이 지나갔다. 규성이 생일은 9월 28일, 그로부터 다시 두 달쯤 뒤에 할아버지의 생일이 있었다. 안양에서 가족이 모두 모여 생일 축하로 외식을 했다. 물론 두 손자 녀석들도 중요 멤버로 참석했는데 최근 2,3년의 변화를 생각해 보니, 많이 달라졌다. 밥을 먹을 때는 두 녀석 때문에 식구들, 특히 어미는 밥을 먹는 건지 아이들과 씨름을 하는지 모를 지경이었는데, 작은 놈은 좀 수선을 떨었지만 이제 큰놈은 퍽 점잖아(?)졌다.
　그날, 규성이의 눈썰미 때문에 식구들이 모두 놀랐다.
　"바바요(보세요). 음, 음, 여기(음식점) 벽에 그림이 할머니 방과 똑같아요!"
　"뭐라고?"
　할머니 방과 똑 같다니…… 처음에는 그게 무슨 말인지 몰라 식구들이 규성이의 말을 해석하다가 순간, 모두 깜짝 놀랐다. 우리가 앉아 있는 식당의 벽지 문양이 할머니 방 벽지 문양과 똑같은 한 회사 제품이었던 것이다.
　"와~~~~~!"
　어른들은 모두 무관심이었는데 그걸 알아보다니! 순간 할아버지 할머니는 또 흥분한다. 우리 규성이 천재구나!

202

2012년 11월 20일
김장하던 날

할아버지 생일이 되기 며칠 전, 화계산 시골집은 김장하는 날이었다. 같은 체험을 해도 나이에 따라 다른데 규성이 같은 성장기에는 더 말할 것도 없다.

할머니는 지난해에 이어 올해도 김장하는 날의 풍경을 보여주기 위해 규성이를 시골집에 데리고 왔다. 아비와 어미는 직장일로 시간을 못 냈고, 지한이는 연령 자격 미달에다가 그 체력으로 견디기에는 화계산 산골이 너무 추웠다. 그리고 또 두 녀석을 다 데리고 오면 할아버지가 해야 할 일에 어려움이 있어 큰놈만 데려 왔다. 지한이 미안! ^^

할아버지가 기른 김장감은 배추가 450포기에 무는 300개 쯤. 그 중에 함께 농사를 지은 분에게 나누어 드리고 남은 우리 몫이, 배추 250 포기와 무 200개 정도였다.

김장을 도우러 온 친척들은 올해도 여러 명이었다. 김장하기는 힘들지만 친지들이 모이고 조금 떠들썩하여 작은 잔치 분위기다. 할머니는 규성이에게 그런 분위기를 또 보여 주고 싶어 한다.

글쎄, 올해 김장에 참여하는 규성이는 한 살 더 먹었다고 작년과 좀 다른듯한데, 과연 녀석의 눈에 올 김장 풍경은 어떻게 보였을까?

놀이방에 다니며 툭하면 감기라서, 찬바람이 부는 김장밭에 세우는 게 조금 염려도 됐지만 따뜻하게 입히고, 씌우고, 맑은 공기 속에서 놀게 하면 오히려 감기에 들지 않을 거라고 생각했다. 그렇게 찬바람에도 얼지 않게 입힌 규성이를 김장밭에 풀어 놓았다.

녀석, 종알종알 이야기하고 끙끙대면서 끈기 있게 배추 무 뽑기를 참견하며 어른들과 어울렸다. 할아버지가 규성이에게 물었다.

"규성아, 힘들지 않냐? 힘들면 하지 마."

"어, 어, 남자는 힘들어도 참아야 해요!"

규성이는 할아버지가 거의 기절할 말을 했다.

"뭐라고? 남자가 어떻다고?"

"남자는 어, 힘들어도 참아야 한다고요!!!"

"규성이가 남잔가?"

"네, 할아버지."

"규성이가 남잔 걸 어떻게 알지?"

"음, 음, 알아요. 놀이방에서 가르쳐 줬는데……."

"어허 그런데, 남자는 힘들어도 참아야 한다고 누가 그랬어?"

"엄마가요."

"오, 그랬구나!"

할아버지를 놀라게 하는 대화를 해가며 배추 무를 뽑고 다듬어 '다목적 운반기'에 실어 우물가로 옮겼다.

　규성이가 1년 만에 달라진 것 가운데 또 하나는 다목적 운반기 타기를 무서워하지 않는다는 거였다. 작년에는 운반기를 시동만 해도 무섭다고 멀찌감치 피했다. 올해는 할아버지가 운전하는 운반기를 무서워하지 않고 올라탔다. 오라, 또 조금 컸구나, 우리 규성이!

　김장하기 행사는 절이고, 씻고, 썰고, 버무려 넣고, 정리하는데 1박 2일이 걸렸고 규성이는 모든 과정을 고스란히 다 봤다.

　내년에도 또 보여줘야지. 녀석이 해마다 반복해서 보고 경험하다가 어느 해부터의 기억인가를 영원히 아름답게 저장해 두었으면 하는 게 할아버지 할머니의 생각이 아닌가. 그런 희망은 너에 대한 사랑이란다.

　올해 네 돌짜리 규성이는 과연 무엇을 보고 무엇을 느꼈을까?

눈 내리는 겨울 이야기

2012년 12월 말과 2013년 1월 초는 눈이 자주 왔고 매우 추웠다. 서울보다 더 추운 화계산 자락 할아버지 집은 섭씨, 영하 22도까지 내려가는 맹추위였다. 최근 3년간 추위가 거의 같았다. 겨울이 겨울답고 겨울의 정취가 아름다웠지만 겨울나기는 퍽 힘든 기간이었다.

크리스마스에도 눈이 내려 '화이트 크리스마스'였는데 화계산 산골은 하얀 눈에 덮여 온 세상이 순백으로 아름다웠다. 추위 때문에 눈이 녹지 않은 상태에 또 눈이 내리고 또 눈이 내리고, 할아버지는 계속 집 주변의 눈을 치우느라 땀을 뻘뻘 흘려야 했다.

12월에 들어서며 안양 아이들 집에는 예쁘게 꾸민 크리스마스트리를 만들어 놓고 밤이면 반짝이 점멸등으로 아이들을 즐겁게 해 주고 있었다.

올해 크리스마스에 우리 손자들은 어떻게 지냈을까? 궁금했는데 할머니로부터 소식이 전해졌다.

크리스마스 전날 밤, 잠자리에 들지 않으려는 녀석들에게 아비가 말했다고 한다.

"자, 이제 잠을 자야 산타 할아버지가 오시지?"

아비의 말 한 마디에 녀석들은 모두 방으로 들어가 잠을 청하고 꿈나라로 갔다지.

그날 캄캄한 밤중에, 녀석들 집에는 평소 녀석들이 갖고 싶어 하는 선물이 무엇인지를 잘 아는 산타 할아버지가 확실히 다녀가셨고 크리스마스 날 아침에 일어난 두 놈은 선물을 발견하고 "꺅~!!!" 소리를 마구 질렀다지? 규성이는 경찰 사이드카, 지한이는 주유소 디지털 주유기 장난감! 녀석들이 갖고 싶은 것들을 산타는 정확히 알고 다녀갔다지? 산타클로스 할아버지는 대단도 하시지!

그런데 할머니가 보건 데는 지한이가 형의 장난감이 더 맘에 들어 하는 것 같더라고 했다.

그 며칠 후 12월 30일 일요일 아침, 할아버지와 할머니가 안양 집에 갔다. 반가워하는 녀석들.

할아버지도 반가워서 규성이를 덜렁 안고 성당과 아파트 공원이 보이는 창밖을 보여줬다. 그랬더니 녀석이 할아버지에게 말했다.

"눈이 와서 세상이 아름다워요."

뭐라고……? 세상에, 우리 규성이는 어떻게 그런 표현을 할 수 있을까? 정말 놀라운 말이었다. 하지만 이 말은 우연한 한마디가 아니었다. 바로 그 다음날 규성이를 데리고 또 시골집으로 내려 왔는데 집에 도착하자마자 화계산 골짜기의 눈 덮인 풍경을 바라보며 또 할아버지에게 말했다.

"음, …… 할아버지, 눈이 와서 산에 나무들이 아름다워요."

할아버지는 규성이의 그런 표현을 듣고 답례의 칭찬으로 녀석을 꼭~ 안아 주었다.

우리 규성이 이렇게 커야 할 텐데……, 잘 자라야지!

그날 저녁때, 규성이가 왔다는 소식을 듣고 양평 할아버지가 왔다. 양평 할아버지 할머니는 규성이 형제를 퍽 예뻐한다. 양평 할아버지가 호의로 물었다.

"규성아, 양평 할아버지네 집에 갈까?"

"싫어!"

늘 귀여워해 주시던 양평 할아버지가 딱지를 맞았다. 맛있는 거 줄 테니 가자거니, 그래도 싫다거니, 의견이 맞지 않자 양평 할아버지가 규성이에게 도전했다.

"그러면, 규성이가 안양 집에 못 가게 양평 할아버지 자동차로 길을 막아 놔야지!"

양평 할아버지 집 앞을 지나야 집엘 갈 수 있기 때문이다.

"음, 음, 그럼 아빠가 와서 차를 밀어 버릴 거야!"

규성이가 양평 할아버지에게 대거리했다.

"그럼 할아버지가 또 막지!"

녀석의 다음 대응이 걸작이었다.

"음, 그러면, 아빠 엄마 지한이 어, 다 와서 밀어 버릴 거야!"

아! 규성이는 벌써 '식구'와 '가족'의 의미가 무엇인지 알고 있으며, 어려울 때 함께 힘을 합치는 집단임을 알고 있다는 뜻이다. 이럴 때마다 할아버지는 가슴이 따뜻해 온다. 양평 할아버지와의 대결은 양평 할아버지가 "허허허허" 하고 물러남으로써 끝났다.

다음날 아침에 잠에서 깨어나자마자 녀석이 불쑥 할아버지에게
물었다.

"음, 차 막았을까?"

이게 무슨 소리지? 할아버지는 어제 일을 까맣게 잊고 있었는데 녀
석은 어제 양평 할아버지의 위협㉠을 계속 생각하고 있었던 것이다.

"하하하. 아니야, 양평 할아버지가 규성이 예뻐서 장난 한 거야!"

아하, 아이들의 마음이 이렇구나…… 할아버지는 또 한 가지를
배웠다.

다음날도 눈이 왔다. 흰 눈이 송이송이 아름답게 내렸다. 할아버
지는 규성이에게 노래를 가르쳐 주고 싶어서 할아버지도 어린 시절
불렀던 동요 '눈꽃송이' 노래를 불렀다.

"규성아 들어 봐, 할아버지가 노래할게!"

송이송이 눈꽃송이 하얀 꽃송이!

하늘에서 내려오는 하얀 꽃송이!

나무에도 들에도 동구 밖에도!

골고루 나부끼니, 아름다워라!

몇 번이나 불러야 배울까? 규성이를 바라보며 눈꽃송이를 서너
차례 불렀다. 녀석은 눈만 깜박였다. 할아버지 노래 솜씨가 놀이방
선생님만 못한가? 어쨌건 다음에 또 부르고 가르칠 기회가 있겠지.

동요는 아이들의 마음을 아름답게 가꿔 주는 말 그대로 아이들
의 노래인데 요즘에는 동요를 부르는 모습을 보기 어려워 안타깝다.

벽난로 앞에서

겨울에는 벽난로에 불을 지펴 놓고 규성이와 함께, 활활 타는 불꽃을 보며 두런두런 이야기하기 좋다. 규성이는 봄, 여름, 가을의 모닥불과 겨울의 벽난로 불을 좋아한다.

거실의 벽난로에는 아궁이 앞에 불똥이 튀어나오는 것을 막아 주는 철망이 있다.

"할아버지, 어, 이거 할아버지가 만든 거예요?"

할아버지가 만든 거라는 말을 언제 들었는지, 아니면 궁금해서 물어보는 건지 할아버지에게 그렇게 물었다.

"그럼, 할아버지가 만들었지."

"음, 어떻게 만들었어요?"

"할아버지가 산에 가서 나무를 베어다가, 알맞게 톱으로 자르고 나무껍질을 벗겨서, 고기 구어 먹는 철망을 요렇게 가운데 넣고, 아래와 위 그리고 양쪽 옆을 철사로 꽁꽁 묶어서 이렇게 만든 거야. 알았지?"

녀석은 할아버지의 설명을 듣고는 불똥 막이 철망을 만지작거리다가 또 한마디 했다.

"할아버지 음, 이거 감옥이다!"

"……감옥?"

감옥? 그래, 철망이 벽난로 아궁이 앞을 꼭 막고 있구나. 그런데 이 녀석이 감옥을 어떻게 알았을까?

"규성아, 감옥이 뭔데?"

"어, 저기요, 감옥은 음, 꼼짝없이 갇히는 데예요."

오호? 감옥을 제대로 설명하는군. 할아버지는 녀석의 말에 눈이 동그래졌다. 규성이는 다시 설명을 덧붙였다.

"엄마 아빠도 못 만나요. 음, 아무 데도 풀어 주지 않아요!"

"꼼짝없이"는 어떻게 배웠고, "아무 데도 풀어 주지 않는" 것은 어떻게 알았나?

벽난로 앞에서 놀다가 녀석이 장작을 더 넣고 싶은 생각이 들었는지 할아버지에게 제안했다.

"할아버지 나무를 더 넣자요."

'넣자요?' 규성이는 어른에게 존대를 할 때는 말끝에 '요'를 넣는다는 원리를 배웠기 때문에 그걸 지키려고 그런 식으로 말한다.

"안 돼. 아직 장작이 다 타지 않았어. 장작을 아껴야 돼. 할아버지가 나무 하느라 너무 힘들어."

"남자는 힘들어도 참아야 해요."

녀석은 제안이 받아들여지지 않자, 다시 남자는 힘들어도 참아야 한다는 말로 불만스런 응수를 한 것 같았다.

녀석은 무슨 생각을 했는지 잠시 조용하다가 이렇게 말했다.

"할아버지, 불이 어, 잘 타게 하는 방법이 없을까?"

"어허, 어른에겐 '없을까'가 아니고 '없을까요!'"

"없을까요?"

이거 규성이에게 말려드는 거 아닌가 하는 생각에 할아버지가 되물었다.

"글쎄다, 어떻게 하면 잘 탈까?"

"음, 종이를 더 넣어요."

할아버지가 그렇게 하자고 하면 이 녀석이 불소시게 종이를 자꾸 넣겠지? 아무래도 규성이에게 또 진 것 같은 느낌이었다.

"종이를 넣으면 안 되고, 나무를 더 넣자!"

"음, 할아버지 우리 그렇게 해 보자요!"

"'해 보자요'가 아니라 '해 봐요'!"

"해 봐요!"

결국 할아버지는 규성이의 처음 소원대로 벽난로에 나무를 더 넣고 말았다. 가만있자……, 오호 할아버지가 결국 말려(?)들었나?

손자에게 말려든 것 같은데도 할아버지는 그래서 되레 '싱글벙글'이었지. ^^

그러나 늘 대견하지만은 않다. 어느 순간 규성이의 말을 그대로 들어 줄 수 없어서 "그건 안 된다!"라고 단호하게 말을 했더니, 녀석이 대뜸 하는 말이 할아버지를 너무나 '깜짝' 놀라게 했다.

"그러면 할아버지 심장을 터트려 버릴 거예요."

아니, 이게 무슨 소린가? 심장을 터트려 버려? 우리 규성이가 어떻게 이런 상상할 수 없는 끔찍한 말을 하지? 할아버지는 그 순간

에 어떻게 해야 할지 대응 방법을 몰라 당황했다. 그래서 잠시 아무 말도 하지 않고 있다가, 낮은 목소리로 말했다.

"규성아, 그건 나쁜 말인데……! 그렇지?"

"……네, 할아버지……"

이 순진하고 어린것이 그런 무서운 말을 어느 순간에 어디서 배웠을까? 이건 어른들의 언어인데, 누구든 아이에게 대 놓고 나쁜 말을 가르치지는 않았겠지만 도대체 어느 정신 나간 어른이 이런 말을 아이들에게 '노출' 시켰을까? 아니면 만화영화의 한 장면에서? 아니면 악당과 싸우는 외국 애니메이션 더빙에서? 여하간 우리 아이들의 거칠어진 언어 문제는 사회가 연대 책임을 느껴야 할 심각한 문제가 아닐 수 없다.

우리 규성이, 나쁜 말은 천천히 배워야 한다. 더 크고 어른이 되면 그보다 자극적이고 흉측한 말들을 얼마나 많이 배우게 될 건지……. 할아버지는 두렵고 겁이 난다.

밤이 됐다. 할아버지 할머니와 함께, 녀석과의 종알종알 이야기는 이어졌다.

"규성아, 앞산에는 부엉이도 산다. 규성아, 부엉이 알아?"

"부엉이는요, 야간에 활동해요."

"그래?"

오호, '야간'이라? 규성이가 그런 말도 알아?

이어서 녀석은 갑자기 고개를 빼서 뒤로 젖히고 괴상한 소리를 냈다.

"우~ 우~ 우~ 우~……."

"그건 또 뭐냐?"

할아버지가 깊은 관심으로 물었다.

"늑대가 우는 거예요!"

"아하, 늑대는 그렇게 우는구나! 야, 우리 규성이 많이 아네."

'규성이 늑대'는 귀엽기도 하지. 규성이가 신이 나서 또 말을 이었다.

"늑대는요, 아침에 사냥을 해요!"

"오호, 그래~?"

아침에 사냥을 한다는 늑대의 습성에 대한 규성이의 설명을 듣더니 이번에는 할머니가 더 놀란다. 할아버지도 아나운서 시절, 유명한 동물 프로그램 '퀴즈탐험 신비의 세계'를 8년이나 진행해서 웬만한 동물들의 생태나 습성에 관해 좀 아는데 늑대의 사냥 습성에 대해서는 기억하지 못하겠구나. 규성이는 TV 애니메이션을 통해 보고 들어 알고 있는 것 같았다.

녀석이 할머니의 칭찬에 더 신명이 났는지, 묻지도 않는데 또 늘어놓는다.

"카멜레온은, 어, 음."

'카멜레온' 발음도 기가 막히게 좋다.

"카멜레온은 초록색 나무에서는 초록색으로 변하고요, 어, 노란색 나무에서는 노란색으로 변하고요, 빨간색 나무에서는 어, 빨간색으로 변해요!"

허허, 참.

야, 규성이는 학교에 안가도 되겠다, 응? ^^ 지금 생각해 보니 할아버지는 옛날에 규성이 나이에 아는 게 정말 별로 없었던 것 같다. 그럴 수밖에 없기도 했지. 할아버지는 규성이 나이에 증조할머니 등에 업혀 멀고 먼 피난길을 떠돌아야 했으니 말이다…….ㅠㅠ

'앙~!' 울어버린 규성이

그거 참, 희한한 일이다. 한 집안의 장남은 아무나 되는 것이 아니라 타고나는 것일까? '운명적'이라더니 그런가? 할아버지도 규성이 증조부모님의 '장남'이지만 7남매 가운데, 딸 셋 즉 세 분의 고모할머님들 다음에 태어난 '넷째'이다. 그런데도 어릴 적부터 숙명적으로 장남의 사고(생각)로 살아온 것 같다고 생각하는데, 최근 손자 규성이를 바라보니 문득 그런 생각이 강하게 든다.

규성이가 네 돌 무렵인 2012년 추석차례 때부터 시작해서, 네 돌을 지낸 그 겨울 증조모님의 제사를 모시는 시기에 '보인' 태도는 기특하리만큼 할아버지 할머니의 눈에 들어왔다.

이건 어쩌면 손자를 바라보는 대견한 마음과 우리 집 기둥이 될 어린 종손에 대한 과하고 성급한 기대 때문이겠지만 할아버지가 보기에는 적어도 그 어린것의 행동이 '재롱' 그 이상이었다.

추석날 아침에 일찍 일어난 녀석은 차례 준비를 하는 아비를 졸졸졸 따라 다니며 가지가지 심부름을 하기 시작했다. 평소 같으면 장난감을 가지고 놀기에 바쁘거나 할아버지한테 매달릴 시간이었다. 그런데 그날은 차례 상에 올려놓을 촛대를 나르고, 돗자리를 같이 펴고, 향을 피울 준비를 하고, 할아버지에게 물어 증조부모님의 사진(영정)을 찾고……. '아니 도대체 이 녀석이 제사 모시는 분위기를 어떻게 눈여겨보고 익혔지?' 할 정도로 놀라웠다.

"아니, 쟤 좀 봐……."

할머니와 고모는 규성이의 그런 행동을 보며 칭찬하기도 하고, 신통하다고 했다.

그로부터 한 백일 후에는 녀석의 증조할머님 추모일(제사)이 있었다. 증조부모님 추모일에는 고모할머님들도 모두 참석하셔서 집안이 떠들썩하다. 가족이 많이 모이면 아이들도 조금 흥분하는 것 같다.

할아버지 할머니는 지난번 추석에 차례 준비를 열심히 돕던(?), 큰 녀석의 행동을 잊고 있었다. 그런데 가족이 모인 떠들썩한 분위기 때문인지 규성이는, 밤이 깊어진 시간에도 잠을 자려 하지 않았다. 할아버지가 보니 녀석의 눈에는 '잠'이 뚝뚝 떨어지고 있었다. 이 녀석, 밤 11시가 넘어야 지내는 제사에 참여하려고 졸음을 견디고 있는 것이 분명했다. 할아버지가 걱정이 돼서 물었다.

"규성아 낮잠도 안 잤는데 일찍 자야지?"

"어, 안 잘 거예요!"

할아버지가 몇 차례 자도록 권해도 제사를 지내겠다며 막무가내였다. 게다가 녀석은 지난 추석 때처럼 돗자리를 나르고, 병풍을 치는 아비를 졸졸 따라다니고, 밤 깎기(생률 치기)도 참견하며 제사 준비 분위기를 즐겼다.

그러다가 그만, 녀석은 제사 시작 20여 분을 남기고 아빠 품에 잠시 안겼다가 코코 꿈나라로 가고 말았다. 물론 지한이는 이미 초저

녁부터 세상모르고 잠을 자고 있었다. 형은 그렇게 열심히 제사 준비에 참여하며 잠도 안자고 버티다가 잠에 빠져 버렸고. 아하!

고모할머니들이 걱정하셨다.

"큰일 났다. 저 일을 어쩌지? 낼 아침에 일어나면 속상해서 울 텐데……."

그런 일로 우는 아이를 본 경험이 많으신 고모할머니들의 말씀이었다. 그리고 그날 증조할머니 제사에서 할아버지가 쓰고 읽은 '추도문' 한 귀퉁이에는 이렇게 씌어 있었다. 앞뒤를 생략하고.

"어머니, 오늘 제사에는 증손자 두 녀석도 참여했는데 지금 꿈나라를 헤매고 있습니다. 어머니께서 만약 지금 생존해 계신다면 녀석들이 얼마나 귀여우시겠습니까!"

참고로 우리 집은 제사 때, 모든 제례 순서는 옛날 법식대로 하지만 '축문'만은 '추도문'으로 바꿔 추모의 정을 담은 '수필'로 써서 낭독해 아이들까지도 이해하도록 하고 있다.

다음날, 아침잠에서 깨어난 규성이는 예상한 대로 너무나 속상해서 '앙~!' 하고 울어버렸다. 녀석을 달래느라 힘들 정도였다. ^^

규성아! 할아버지는 네 맘 잘 안다. 규성이 같이 어릴 적 일은 아니지만, 할아버지도 옛날에 그랬단다. 제사에 참여해서 곶감이랑 밤 대추를 먹으려고 자지 않고 버티다가 깜박 잠이 들었던 다음날, 할아버지도 너무나 속상해서 훌쩍 훌쩍 울었던 기억이 있단다. 그랬단다. 지금은 이렇게 규성이의 할아버지가 됐지만……. ^^

할아버지가 어젯밤 제사에서 증조할머니께서 자세히 말씀 올렸으니 아마 규성이의 속상한 마음을 잘 아시고, 기특해서 우리 규성이 잘 자라도록 늘 돌봐주실 거다. 알겠느냐?

할아버지의 '찌꺽 방아' 놀이

'찌꺽 방아' 놀이가 있다. 할아버지가 방바닥에 누워서 무릎을 모아 세우고, 아이를 발등에 편하게 앉힌다. 그 자세에서 아이의 두 팔을 안전하게 잡고 다리 힘으로 아이를 공중에 살짝 올리고 내리기를 반복하는 놀이다.

　돌만 지나면 발등에 앉혀 놓고 방아 놀이를 할 수 있는데, 공중으로 아이의 몸을 띄울 때마다 입으로는 '찌~꺽 방~아, 찌~꺽 방~아!'를 계속한다. 두세 번 반복해서 그러다가는 바짝 힘을 주어 '우두두두……'를 외치며 아이를 공중회전 시켜 뒤집힌 자세로 할아버지 가슴과 머리를 지나 할아버지 머리맡에 내려놓는다. 팔 힘이 필요한 동작이다.

　찌꺽 방아를 하던 아이는 이 순간 자지러지게 좋아하는데, 그 웃음이 끊어지기 전에 이번에는 다시 역순으로 머리맡에서 들어 올려 역 회전을 시키며 할아버지의 머리와 가슴을 지나 세운 무릎과 발등에 얹고 그 자세로 방바닥에 안착하는 놀이다. 공중을 도는 아이로서는 조금 무섭고도 재미있어서 '찌걱 방아' 놀이 내내 웃음이 끊어지지 않는다.

할아버지와 손자가 함께 할 수 있는 스킨십놀이인 '찌걱 방아'는 손자들과 친화하는데 아주 안성맞춤이다.

아이들에게는 '시소'를 타는 기분을 맛보게 하고, 공중에 들어 올려 졌을 때의 공포감을 경험하면서 두려움에 적응하는 훈련을 할 수 있다고 생각한다. 그리고 놀이를 하는 동안에 믿음이 형성돼서 일체감도 느낀다고 생각한다. 또 할아버지는 '방아' 놀이를 하며 느끼는 아이의 무게로 성장의 변화를 짐작할 수 있다.

그런데…… 녀석들이 점점 크면서 어느 날 어느 순간부터 할아버지는 공중회전 기술이 힘겨워짐을 느꼈다. 크는구나. 또 컸구나!

한 놈 태우기도 그런데, 두 놈이 엉겨서 '할아버지 나도 나도!' 하며 서로 '찌걱 방아'를 해달라기에, "그래 어디 해 보자!"고 했지만 힘이 부쳐 그만 포기해야 했다.

오, 호호호호……. 할아버지가 이제는 늙었나 보다! 그런데도 힘이 모자라 서글프기보다는 녀석들이 많이 커서 그러려니, 할아버지는 허허허, 좋기만 하구나!

정확하지는 않은데 이 '찌걱 방아'도 증조할아버지께서 할아버지가 어렸을 때 해 주셨을 테고, 할아버지가 고모와 아비를 키울 때 해 주었고, 이제 아비가 아이들에게 해 주는데, 아비 없는 때는 가끔 할아버지가 손자들에게 실행해 주고 있다.

찌~걱 방~아, 조손간에 이 얼마나 정다운 놀이인가!

4

아이들이 성장하는 과정을 보면
참으로 경이롭다. 새삼스럽다.
신기하고, 탄성이 저절로 나온다.
때로는 우습고, 때로는 눈물이 나도록
아름다운 과정이다.

설날

2013년 설날 무렵은 퍽 추웠다. 겨우내 눈도 많이 내리고 북극에서 밀려오는 찬 공기가 한반도를 뒤덮어 중부 내륙 화계산은 영하 20도를 자주 밑돌 정도였다. 그런 추위가 여러 날 계속 됐지만 우리 '강아지'들이 설밑에 우르르 찾아왔다. 이번에는 한 열흘 만에 아이들을 만나는 것이다.

아이들이 탄 자동차가 점심 전에 집 마당에 도착했다. 아침부터 어디쯤 오고 있냐며 손자들을 기다리던 할머니는 차례 음식을 준비하느라 나가 보지도 못하고 "어서오너라!" 소리만 높였다.

할아버지가 녀석들을 맞으러 나갔다. 추운 날씨 탓에 두툼한 잠바를 입고 후드까지 덮어쓴 두 녀석이 뒤뚱거리며 들어오는 모양은 거의 '굴러' 오는 꼴인데 그 모습이 정말 우스꽝스러웠다. 녀석들을 안아 보고 쓰다듬어보니 그새 또 큰 느낌이었다. 특히 작은 녀석 지한이는 '말'이 조금 더 늘었다.

할아버지는 어미 손에 끌려 들어오는 작은 녀석을 향해(어미 들으라고) 거두절미하고 환영사를 한마디 했다.

"어서 오너라. 할머니는 눈이 다 빠졌다!"

그 말이 떨어지기가 무섭게 작은 녀석이 눈망울을 굴리며 받아쳤다.

"왜요?"

"오, 허허허허! 할머니 눈이 왜 빠졌느냐고?"

갓 두 돌 지난 녀석의 도착 일성—聲이 요새 말로 대박 히트였다. 제 형처럼 발음이 '매요?'도 아니고 아주 또렷이 '왜요?'였다. 아니 이 녀석이 "눈이 빠지게 기다린다."는 말뜻도 모를 거고, 대꾸가 있으리라고는 생각지도 않았는데 "할머니의 눈이 왜 빠졌느냐?"라고 되물은 꼴이 됐으니 얼마나 웃기는 일인가 말이다.

이번 설날 모임에서 관심은 단연 변화가 큰 작은 녀석이 하는 말과 행동에 쏠렸다. '내리사랑'의 마음 작용도 컸겠지만 그래도 혹시 규성이가 마음 상할까 봐 가족들은 세심하게 행동해야 했다.

어쨌든 지한이는 말이 늘었다. 하지만 녀석의 긴 말은 아직 문장 구성이 제대로 안 돼, 추리를 하며 들어야 했다. 짧은 말은 발음과 뜻이 그런대로 명료한 편이다. 신기한 것은 가족 모두가 알아듣지 못하는 엉터리⑦ 말도 어미는 '귀신' 같이 알아듣는다는 사실이다.

녀석이 할아버지를 쳐다보며 미간을 찡그리고 말을 했다.

"하버지, 야투! 야투!"

"뭐라고?"

"야투~!"

모르겠다, 이 녀석이 뭐라는지.

"어미야, 지한이가 뭐라는지 모르겠구나. '야투'가 뭔 소리냐?"

"아, 네 아버님, 야쿠르트 달라는 소리예요!"

225

아하, 그건 매일 하는 말이니까 그렇다 치지만, 어미는 처음 듣는 소리도 금세 '동시 통역사'처럼 아이의 말을 알아듣는다.

'야투' 이야기가 나온 김에 한 가지 이야기만 더 한다. 이를 테면 어느 날 지한이가 할아버지에게 떼를 쓰며 이상한 말을 계속 반복하는데, 도무지 모를 말이다.

"하버지, 지아니는 아조 #&@$ 므 지 더……!"

여러 번을 들어도 '할아버지 지한이는……'까지밖에는 통 알 수가 없었다. 그럴 땐 어미를 부른다.

"어미야, 애가 뭐라는 거냐? 난 통 못 알아듣겠구나."

"아 아버님, 지한이는 그건 싫고 다른 거를 달라는 거예요."

아하! 역시 어미는 지한이의 최고 통역사다. 그러나 어미는 아무 때나 통역을 해 주는 것이 아니고 통역 요청이 있을 때만 도와준다.

부정확한 아이들의 말을 너무 빨리 알아듣고 반응하는 것도 문제가 있다는 이론이 있단다. 사랑스럽고 안타까운 마음에 아이가 아무렇게나 말을 해도 척척 알아차리고 해결을 해 주면 안 된다고 한다. '뭐라고?'를 반복해서 아이의 표현이 명확하거나 적어도 근접한 발음으로 말을 했을 때만 그 뜻을 받아 줘야 한다는 것이다. 아무렇게나 말을 해도 제 뜻을 알아주면 그 아이는 그 부정확한 표현을 고치려 하지도 않고 계속 쓸 것이니까.

언젠가는 어미도 못 알아듣는 말을 할아버지가 알아듣는 적도 있다. 그 무렵 지한이는 간절한 표정으로 할아버지를 쳐다보며 이렇게 말했다.

"하버지, 간난따이!"

할아버지는 이 말을 딱 세 번 만에 알아들었다. 할아버지만 알아 듣는 두 손자와의 비밀이 있기 때문이었다. '간난따이!'는 스마트폰 으로 '싸이'의 '강남 스타일'을 보여 달라는 말이다. 우리는 2012년 에 '유 튜브'에서 함께 '간난따이'를 보며 즐거웠지? ^^

지한이는 '강남 스타일!'

계속 설 전날 이야기.

평소 점심을 먹은 후 오후 2시쯤이면 녀석들은 놀다가도 스르르 낮잠을 자는데 그날은 오랜만에 화계산 할아버지 할머니를 만나 흥분한 상태로 놀다가 평소보다 낮잠이 늦어졌다.

늦어진 낮잠을 곤하게 자고 깬 작은 녀석을 토닥거리며 안아 주 다가 문득 녀석의 기저귀 상태가 궁금했다.

"어디, 할아버지가 우리 지한이 오줌을 얼마나 쌌는지 볼까~?"

바지와 기저귀를 헤집고 고추를 만져 보니 보송보송해 보였다. 이 내 안심하며 다시 바지를 여며 주는데 녀석이 허리를 굽힌 채 할아 버지에게 궁둥이를 내밀며 귀여운 발음으로 말했다.

"똥 쌌쩌요~!"

"뭐~라고~?"

할아버지가 혹시나 해서 살그머니 궁둥이 쪽 기저귀를 열어 보니, 아이쿠 정말이네! 부엌에서 할머니를 도와 일하고 있는 어미를 향 해 도움을 요청했다. 아무도 없을 때 한 번 그거 치우고 씻어 줘 봤 다만 녀석들 똥치우기, 그거 보통일이 아니라는 걸 할아버지는 잘 알고 있다.

"어미야~! 여기 지한이가 어미 좀 보자는구나~! 와 봐라~!"

"네~!"

동생에 비하면 용변 훈련이 다 된 규성이는 어느새 '쉬'와 '똥'을
조용하게 알려 실수를 하지 않는다.

"(조용조용히) 할아버지 똥마려워요."

"(똑같이 조용조용히) 오 그래, 할아버지가 도와 주지. ^^"

그건 할아버지가 잘하지. 할아버지는 신이 나서 녀석을 화장실로
데려가 변기에 앉혔다.

"단단히 (변기를) 짚고……."

"네, 할아버지."

"할아버지 (화장실에서) 나갈까?"

"네, 할아버지. 근데 어, 어, 완전('아주'의 뜻) 가면 안 돼요. 밖에 있어요."

"알았다. ^^"

화장실 문밖에 나와 대기하고 서서, 5센티쯤 열린 문 틈새로 할아
버지는 용변 중인 손자를, 그리고 손자는 문밖에 있을 할아버지 쪽
을 응시한다.

"할아버지!"

"응, 그래 할아버지 여기 있다~!"

"할아버지!"

"응, 그래 할아버지 안 갔다~!"

혼자이고도 싶고, 무섭기도 하고. 할아버지는 네 맘 다 안단다.
할아버지도 어려서는 그랬으니까. 할아버지도 컴컴하고 무시무시한
시골 뒷간(재래식 화장실을 그렇게 말했지)에서 볼일을 보며 엄마가 밖에 지
키고 있는지 확인하느라 계속 "엄마!"를 불러댔단다.

^^ 용변은 늘 10초~20초 만에 끝나니, 할아버지는 다시 화장실 문을 열었다.

"할아버지, 어, 할아버지 다리가 보였어요."

"할아버지도 규성이 머리가 조금 보였어!"

할아버지만 손자를 살피고 있던 것이 아니라 손자도 문 틈새로 할아버지를 느끼며 든든했던 것이다.

그런데 녀석, 뒤처리를 해 주고 변기를 들여다보니, 요즘 먹는 양이 많다더니 예쁜 '고구마 덩어리'가 배는 늘었던걸? ㅎㅎㅎㅎㅎㅎ '애고, 디~럽구나!'

그래, 그래도 어서어서 많이 먹고, 잘 싸고, 무럭무럭 자라야지.

'까치설날' 밤에는 늦도록 웃음꽃을 피웠고, 우리 '강아지들 설날'은 잠 잘 자고 일어난 손자들과 정성으로 차례 지내고, 할아버지 할머니는 녀석들에게 세배를 받았다.

예쁜 한복을 입은 할머니와 할아버지가 나란히 앉아 두 녀석의 세배를 받는데, 멋을 싸는 규성이와 아직 세배를 잘 못하는 지한이 두 녀석이 구르며 장난하는 세배를 받았다. 그래도 세뱃돈 주고 '그저, 그저 건강하게들 자라라!'는 덕담을 했다.

가족이 모두 모인 자리에서 떡국을 함께 먹고 나서 할아버지와 아비는 눈길을 뚫고 뒷산에 모신 증조부모님 산소에 다녀왔다.

설날 연휴는 이렇게 아들 딸 며느리 그리고 두 손자들과 함께 즐거웠고 또 행복했다.

뭐 특별한 것이 있겠느냐? 세상이 변하고 세월이 흘러도 이것이 평균의 한국 사람들이 꿈꾸는 소박한 행복일 것이다.

행복한 차 마시기

까치설날, 지한이는 먼저 낮잠이 들어, 큰놈 규성이와 단 둘이 찻상을 마주하고 앉았다.

할아버지가 물을 끓여 맛있는 홍차를 달였다. 규성이도 한 잔, 할아버지도 한 잔, 차를 따라 놓고 마신다. 손자와 차를 마시던 할아버지가 기분이 좋아서 한마디 했다.

"할아버지는 규성이와 차를 마시니까 참 행복하구나."

녀석이 바로 받아서 한마디 했다.

"이지한이랑 마시면요?"

"......!"

아하 그렇구나.

"지한이와 마셔도 할아버지는 행복하지."

혹시 할아버지가 너무 속보이는 말을 했더냐? ㅎㅎㅎㅎ 아닌데.

동생 군기잡기 난항

어느 날 어미가 전해 준 이야기를 듣고 '요즘 유행하는 말로' 온 식구가 뒤집어졌다.

하루는 어미가, 규성이가 좀 컸다고 녀석에게 형 노릇을 하도록 힘을 실어 주는 말을 한 모양이다.

"규성이는 형이니까 말도 잘 들어야 하고 또 '아빠 엄마가 없을 때'는 규성이가 '아빠 엄마 대신' '지한이도 잘 보살피고' 돌봐야 한다. 알았지?"

규성이로서는 "아빠 엄마가 없을 때"라든지 "지한이도 잘 보살피고"라는 말보다 "아빠 엄마 대신"이라는 '권한 대행'이 가장 마음에 들었을 것이다. 동생 지한이는 엄마와 형님 사이에 있었던 이런 '권한 대행' 임명 사실을 알 리도 없고 또 이해할 수도 없었겠지. ^^

규성이는 권한을 위임 받은 기념으로 즉각 실행에 들어갔다. 아빠 엄마가 저한테 하는 식대로 두 손으로 옆구리를 짚은 자세로 동생 앞에 다가가서 엄하게 닦아세웠겠다.

"야, 이-지-한!! 너 형아 말 잘 들어!! 알았어? 이-지-한!!"

그냥 "이지한!"도 아니고 아빠 엄마가 하던 톤으로 "이-지-한!!"이었다. 그런데 어쨌건, 갑작스런 형의 딱딱거림에 다소곳해지기는커녕 아직 말도 서툰 녀석 지한이가 손가락을 세워 삿대질을 하며 형님에게 강하게 반기를 들었단다.

"야! 꺄~! 꺄~! 야야~!!"

안 먹혔지. 형님도 너무 성급했지만 작은놈이 절대 군기 잡힐 놈이 아니지. ^^

허허허허 이 녀석들이 어떻게 클까? 앞으로 벌어질 일들이 자못 궁금하다. ^^

숨바꼭질 ^^

어느 날, TV도 조용하고 잠잘 시간이 가까워졌는데 지한이가 할아버지를 쳐다보며 간절한 표정으로 말했다.

"하버지, 꼬꼬 수머야!"

'꼭꼭 숨어라!' 즉 '숨바꼭질' 놀이를 하자는 제의였다.

"그래, 할아버지가 술래 할까?"

"으(웅)!"

"응이 뭐야? 네지!"

"네!"

할아버지가 술래 서비스를 하기로 하고 규성이, 지한이, 할아버지 이렇게 셋은 잠잘 시간에 잠깐 숨바꼭질을 하기로 했다. 큰 녀석은 숨바꼭질 할 때마다 늘 할아버지에게 부탁이지만, 이번에도 숨으러 가기 전에 '술래 할아버지'에게 부탁의 말을 잊지 않았다.

"할아버지, 할아버지 어, 너무 빨리 찾지 말아요, 네?"

"그래 알았어!" ^^

할아버지가 눈을 감고 벽을 향해 서서 "꼭꼭 숨어라!"를 몇 번 하는 동안 녀석들은 엉덩이를 내놓은 채 엉성하게 숨고, 할아버지는 "이 녀석들이 어디 숨었지?"를 연발하며 엉뚱한 곳 여기저기를 헤맨다. 큰놈은 숨는 곳을 두세 군데 바꿔 가며 숨지만, 작은놈은 늘 한 곳에만 숨는다. 그리고는 저희들을 못 찾는 할아버지가 답답하다는 듯 키득거린다. 그런데도 바보 같은 할아버지는 커튼 뒤에 숨은 아이들을 툭 건드리고 지나가면서 또 한마디 한다.

"아니, 얘들이 다 어딜 갔지? 못 찾겠는걸!"

그러면 녀석들은 할아버지가 찾을 때까지 숨어 있지 못하고 뛰쳐 나오며 자랑스러운 듯 소리친다.

"하버지~~, 할아버지~~~!"

제 깐에는, 할아버지가 찾지도 못하는 어려운 곳에 성공적으로 숨었고, 그걸 못 찾는 할아버지가 안 돼 보인다는 뜻이겠지. 그리고는 술래가 바뀐다. 술래를 벗어난 할아버지는 손자 술래들이, 할아버지를 찾다가 놀랄까 봐 다리나 궁둥이가 반쯤 보이도록 허술하게 숨는다. 그런 할아버지를 찾아내고 나면 녀석들은 참으로 좋아하니까.

다시 할아버지 술래 차례. "꼭꼭 숨어라!"를 몇 번 하고 나서 숨은 녀석들을 찾기 시작했다. 늘 같은 데만 숨는 작은 녀석을 슬쩍 스쳐 지나며 큰 녀석을 찾으려는 순간, 제 방에서 막 이불을 반쯤 뒤집어쓰며 숨던 도중에 그만 할아버지 술래와 눈이 마주쳐 버렸다. 그런데 녀석이 갑자기 엉엉 울기 시작했다. 무슨 일인가 놀라서 할아버지가 물었다.

"왜 그래? 규성아, 뭐라고? 왜 울어?"

녀석이 울면서 뭐라고 말을 하는데, 말이 울음소리에 섞여 무슨 말을 하는지 통 알 수가 없었다.

"어미야, 이리 와 봐라! 규성이가 왜 이러냐? 숨바꼭질하다가 갑자기 울면서 뭐라고 하는데 무슨 말인지 원……"

일을 하다 말고 '동시 통역사' 어미가 뛰어왔다. 어미는 금세 알아들었다.

"오, 그래 규성이는 '벌써' 들켜서 속상하다고? 울지 마 규성아, 또 숨어. 또 숨으면 되지." ^^

ㅎㅎㅎㅎㅎ! ^^ 말하자면 아직 제대로 숨지도 못했는데 '벌써' 할아버지 술래에게 들켜버렸다고 속상해서 엉엉 울고 있는 것이었다.

"엉엉~~ 벌써 들켰어~~ 엉엉~~!"

^^ 그날 밤 할아버지는 녀석이 귀여워 꼭 안아 줬고, 이 이야기를 나중에 전해 들은 할머니는 또 많이많이 웃을 수 있었다. 우리 규성이는 참 마음이 여리기도 하지……. 이점은 어떨까, 괜찮을까?

TV 채널 선택권 분쟁 조정

어른들만 각자의 취향에 따라 TV 채널 선택권을 가지고 싸우는 게 아니다. 아이들도 마찬가지다. 녀석들이 벌써 채널 선택권을 가지고 자기주장을 하기 시작했다.

큰손자가 독점적 지위로 혼자서 어린이 프로그램을 볼 때는 네 살 정도까지 교육방송을 틀어 주면 틀어준 대로 그냥 보던 시기가 있었다. 하지만 다섯 살이 되면서부터는 동화책의 주인공이 나오는 만화영화나 인기 캐릭터 장난감이 등장하는 애니메이션을 보기 시작하더니 얼마 안 있어 선택 채널(유료, 무료)에서 제가 원하는 프로그램을 요구해서 보기 시작했다.

TV를 보는 시간은 주로 아침에 일어나서 놀이방에 가기 전 30~40분 동안과 아빠 엄마와 퇴근한 후에 귀가해서 노는 1시간 동안 정도인데, 채널 권 독점이 가능했던 평화로운 시기였다.

그러다가 제 형 옆에서 덤으로 TV를 보던 둘째 지한이의 의사 표현과 지각이 발달하면서 슬금슬금 서툰 '한국말'로 자기 수준에 맞는 프로그램을 보겠다는 주장이 나오더니, 급기야는 그 주장이 강해지면서 채널 싸움(?)이 시작 됐다. 큰 녀석 규성이는 유창한(?) 한국말로 자기주장을 펴지만, 작은 녀석 지한이는 '모국어'가 서투르니 울고 떼를 쓰는 방법으로 아빠 엄마에게 채널 선택권을 주장했다.

아침에 일어나 놀이방에 가기 전까지와 저녁에 집에 돌아와서 허용 되는 TV 시청시간에, 규성이는 '공룡열차'나 '정글북' 혹은 디즈니 만화 '카' 같은 수준 높은 프로그램을 봐야 한다고 떼를 쓰고, 지한이는 한참 아래 단계인 '출동 소방관 샘!'을 보겠다며 물러서지 않았다.

벌써 수준이 높은 프로그램을 선호하는 큰 녀석은 '티라노사우루스'가 어쩌니, '한반도의 공룡'이 어쩌니 하며 공룡의 종류를 줄줄 외고 동물의 습성 등을 훤히(?) 알고 있는데, 작은 녀석은 비상벨이 울리고 소방차가 출동해서 위험에 처한 사람들을 구출하는 단순한 구성의 '출동 소방관 샘!'에 열광했다.

'소방관 샘'을 얼마나 좋아하는지, 넋을 잃고 애니메이션을 보다가도 비상출동을 알리는 비상벨이 울리는 장면이 나올라치면 녀석은 두 개의 소파 틈새를 비집고 '샘'처럼 방바닥으로 내리 뛰며 '소방관' 멤버가 된 듯이 행동했다. 기저귀를 찬 소방관이다. ^^ 그런 지한이를 처음 봤을 때 할아버지는 녀석이 왜 TV를 보다말고 분주하게 뛰고 수선을 떠나 했었다.

채널 선택권 때문에 자주 다투는 걸 봤던 그 얼마 후에, 할아버지가 여러 날 만에 녀석들을 보러 갔더니 놀이방에서 돌아온 두 녀석이 '평화롭게' TV를 보고 있는 게 아닌가. 분명 한 녀석은 불만일 텐데 '이게 어떻게 된 일인가?'하여 할머니에게 조용히 물어봤다.

놀랍게도 '협상 타결'이었다. 아빠와 엄마의 중재를 받아들여서 '아침'에는 규성이가 채널 선택권을 가지기로 하고 '저녁'에는 지한이가 선택권을 가지기로 타협해서 타결을 봤다는 것이다. 오호 '조형석제朝兄夕弟'의 원칙이라! 그러니까 형이 주도권을 가진 아침 시간에는 지한이가 꾹 참으며 수준 높은(?) 프로그램을 함께 봐야 하고, 반대로 동생이 주도권을 가진 저녁 시간에는 규성이가 꾹 참고 수준 낮은(?) 프로그램을 함께 봐야 한다는 것이다.

야~, 그것 참 멋진 민주시민 교육이다! 정말 잘한 일이다. 별 것 아닌 것 같지만 이런 것이 민주시민의 기본을 학습하는 예가 아닐까 하는 생각도 했다. 그런 자연스러운 훈련이 아이들에겐 정말로 필요할 것이다.

할아버지가 살아온 세상은, 아무리 정당한 주장이라지만(또 스스로 억지인 줄 알면서도) 한 발짝도 양보하려 하지 않는 마음을 가진 어른들이 너무 많아서 세상일을 어렵게 만들 때가 많았다고 생각한다.

'약속'이란 말이 어린것들에게 어떻게 인식되고 받아들여지는지는 모르겠으나 규성이는 말귀를 알아듣기 시작하면서 어미 아비와 '약속'이라는 말을 전제로, 하고 싶거나 하기 싫은 '행동' 또는 '일'을 실행하는 걸 봤다. 그런데 할아버지가 지켜본 바로는 신기하게도 말을 못 하는 단계에서도 그 '약속'이 지켜지더라는 거였다. 즉 '말'이 아니라 *끄덕끄덕* '고갯짓'으로 '약속'을 해 놓았지만 '아니라'며 떼를 쓰고 번복하는 걸 보지 못했다. 먹기 싫은 약을 먹을 때도 그랬고, 달콤한 초콜릿이나 과자 약속을 했을 때도 약속을 지켰고, 애니메이션을 몇 개(어린이용은 한 회분이 짤막하니까)만 보느냐 하는 약속을 했을 때도 아쉽지만 TV를 끄고 순순히 물러선다. 고 녀석들 참.

가끔, 한 개만 더 보고 싶다고 하다가도 "약속했잖아~~~!"하는 아비 어미의 부드러운 말에 곧 순순히 승복하곤 한다. 할아버지는 그런 모습이 무척 신기하게 보였다. 저것들 작은 가슴(마음) 속에도 '옳은 것이 무엇인지' 판단하는 힘이 있는 건가? ^^

그러나 놀이방엘 가지 않는 어느 일요일, 채널 선택권 약속 순서가 교란 됐는데 두 녀석이 서로 자기가 보고 싶은 걸 봐야 한다고 다투는 때가 있었는데 '가관'이었다. 말 잘하는 규성이와 아직 '말'로는 자기표현이 어려운 두 녀석 사이에서 할아버지는 쩔쩔맸고 결국 '평화유지군'인 어미가 나서서 중재 되고 해결됐다! ^^

와, 녀석들 어여쁘다!

이 무렵, 규성이는 거의 완벽하게 용변 훈련이 됐고, 지한이는 여전히 기저귀 신세였는데 어느 날 '딱 한 차례' 변기에 '쉬~'를 해서 엄청난 칭찬을 들었다지. 그리고 놀이방에서는 좀 더 여러 번 변기에 '쉬~'를 했다고 들었다. 지한이도 이제 용변 훈련이 가능한 시점이 가까워 온다는 신호인 것 같다. 반가운 소식이다. 그리고 귀엽다.

하지만 할아버지가 들은 바를 여기에 기록하자면, 용변 훈련이 잘된 규성이가 어느 날 밤에 그만 '오줌'을 쌌다지. 할아버지가 들은 소문은 '딱' 한 번뿐이란다. ^^ 규성아 괜찮다. 그날은 퍽 고단하게 놀았나 보구나. 네 아빠도 할아버지도 어릴 적 너만한 나이에는 오줌을 싼 적이 있으니까. ^^

'차츰차츰'이라지만 우리 지한이는 언제쯤 용변 훈련이 다 될까? 지한이도 형처럼 때가 되면 자연히 잘 하겠지?

"하버지, 간난따•1!"

스마트 폰으로 '싸이'의 '강남 스타일' 뮤직 비디오를 본 후, 가끔 그 걸 보고 싶을 때마다 할아버지를 쳐다보며 애교를 떨면서 하는 말 이다.

(그 무렵 '간난따이'를 보여 달라는 청에 할아버지는) '매번'은 아니고 '가끔' 뮤직 비디오를 보여 줬다. 그러나 (뮤직비디오를 보여 줄 때마다, 할아버지가) 잘하는 일인지 어떤지를 모르겠다는 생각을 했다. 그래서 '간난따이'를 보 여 주지 못할 때는 핑계지만 차근차근 그 이유를 말해줬다.

"안 돼~! 싸이 아저씨가 너무 춤을 춰서 힘들어서 쉬어야한대~!" ^^

그런데 통제가 너무 엄격하면 제 살 길을 찾는 법. 27개월짜리 지 한이는 어느 날 할아버지의 스마트폰을 켜고 손가락으로 좔좔 화면 을 밀어내면서 구글google을 뜻하는 푸른 'g'자 표시 '앱'을 찾아내서 는 손가락으로 'g'를 콕 누르고, 글자를 모르니까 검색 기록 가운데 서 '제일 긴 문장'인 '강남스타일 뮤직비디오'를 콕 누르고, 다시 몇 개의 메뉴 화면 가운데 선글라스를 낀 '싸이'의 얼굴이 보이자 다시

콕 눌렀고, '유 튜브' 화면이 뜨자 '스타트'를 꼭 눌러서 '강남 스타일'
동영상을 즐기는데 성공하는 게 아닌가!

　아니, 아니, 이놈 보게! 오호호호!

　아니, 요새 애들은 신인류 -즉 새로운 인간인가? 할아버지는 놀
라웠고 입이 벌어져 다물어지지 않을 지경이었다. ^^

눈물이 나는 사진 두 장

2013년 5월 24일 금요일, 안양 아이들 집에서 하루를 묵었다. 다음 날 서울 일정도 있고 무엇보다 '아이들'이 보고 싶어서였다. 아비는 토요일 아침에 봉사활동이 있어 새벽에 집을 나섰고 어미는 '셋째'를 가져 퍽이나 힘들어하던 무렵이었다. 할아버지가 서울에서의 일을 보려고 아침밥을 먹고 집을 나서게 되면 어미와 두 녀석만 집에 남게 되는 상황이었다.

그런데 할아버지가 현관을 나서려 할 때, 갑자기 작은 녀석이 할아버지 바지를 잡고 "하버지를 따라 시골집에 가겠다."라며 칭얼거리기 시작했다. 눈물이 그렁그렁하며 할아버지를 따라 시골집엘 가겠다는 녀석이 고맙고 사랑스러웠다. 그러나 어쩐다? 손자들과 시골집엘 갈 형편이 아니었다. 서울 일정 때문이었다.

우는 녀석을 안고 눈물을 닦아 주며 차근차근 설명을 해서 겨우 달랬고, 배꼽인사까지 받으며 아이들 집을 나섰다. 그리고 서울 시내로 향했다.

서울 가는 전철 안에서 '까똑'! '까똑'!하며 어미로부터 '카톡'으로 두 장의 사진이 날아왔다. 사진 설명과 함께.

어미가 찍어 보낸 두 장의 사진은 '할아버지가 가시는 걸 본다며 두 녀석이 아파트 거실 창에 붙어 하염없이 바깥을 바라보는 모습'이었다. 전철 안에서 그 사진을 본 할아버지는 가슴이 따뜻해오고, 무슨 일인지 눈물이 핑 돌았다. 오호, 할아버지가 왜 이러지?

할아버지는 그 순간 어미에게 '카톡' 문자를 보냈다.

"오호, 이 귀여운 녀석들……할아버지는……ㅜㅜㅜ……"라고.

그리고 그 아름다운 사진을 혼자 볼 수 없어서 시골집에 혼자 있는 할미에게도 어미가 보낸 문자와 사진을 재전송했다.

"여보, 내가 눈물이 막 나서……ㅜㅜㅜ……"라는 문자를 덧 넣어서!

아마 할미도 녀석들의 사진을 보고 눈물을 찔찔 짰을 테다.

녀석들.

따라쟁이

그 무렵, 지한이도 형을 따라 좀 더 컸다. 지한이는 키와 몸무게만 따라가는 게 아니라 형이 하는 말과 행동도 그대로 따라했다. 말이 좀 더 늘면서는 "아냐!" "아나꺼야!(안 할 거야)" "아자쩌요.(알았어요.)" '지한이는 소쌍애(속상해)!" "지한이는 하(화)났어!" 등 웬만한 말은 다 형의 말을 흉내 냈다.

그러더니 그 무렵에는 형의 물건도 모두 갖고 싶어 했다. 충분한 장난감은 거의 공동 사용이라 문제가 없는데, 그 중에 거들떠보도 않던 장난감이라도 형이 가지고 노는 걸 보면 꼭 그걸 제가 가지고 놀겠다고 형에게 떼를 쓴다. 약간의 악다구니와 떼를 써서 옷도 형 것을 입겠다고 하고, 똑같이 사 준 운동화와 장화도 형 것을 더 탐냈다. 사이즈가 확실히 다른데도.

어떤 날은 제 발에는 맞지도 않는 헐렁한 형 장화를 신겠다고 고집해서 끝내 형 것을 신고 터덜~ 터덜~거리며 놀이방엘 가기도 했다. '가관'이었다. 비도 오지 않는 햇빛 쨍쨍한 맑은 날에 찰리 채플린같이 큰 장화를 신고!

우리 지한이 파이팅!!!

녀석의 '우상'인 형과 '동격'이고 싶은 지한이의 마음일 것이다. ^^
맏이가 아닌 작은놈이 하는 짓이겠는데, 그리고 보니 규성이가
그 나이일 때는 혼자였으니 못 보던 풍경이다. 장남은 그런 응석도
'떼'도 한 번 못 써 보고 자라야 하는구나.

방귀

아비가 캐나다에 장기 출장 중이던 어느 날, 할아버지와 지한이가 함께 놀고 있었다. 규성이도 그랬지만 지한이는 방귀를 뀌고는 부끄러운 듯 재미있는 듯, 히히 웃는다. 방귀가 재미있고 부끄러운 느낌인가 보다. 그런 지한이 녀석이 어느 날 방귀를 뀌었다. 할아버지가 모르는 체 녀석에게 슬쩍 물었다.

"아하~, 이거 누가 방~귀를 뀌었나?"

할아버지를 쳐다보며 지한이가 말했다.

"……아빠가!"

"그래~? 음, 아빠는 지금 캐나다 있는데, 아빠 방귀 소리가 이렇게 큰가?"

"히히히히……"

수준(?) 차이

아이들이 커 가면서 그 성장 속도와 수준에 맞추어 뭔가 가르치고 보여 줘야 한다는 생각 때문에, 때를 놓칠까 봐 젊은 엄마들이 걱정을 많이 할 것이다. 하지만 대개의 엄마들이 여러 가지 현실적인 사정으로 그렇게 하지 못해 안타까울 것이다.

대신 친가와 외가 할머니들이 아이들을 데리고 여기 저기 구경을 다니기도 한다. 아비와 어미도 틈을 내기 힘든 직장 일을 놓고 월차 휴가를 써 가며 아이들과 나들이를 다닐 때도 있다. 백화점도 보여 주고, 시장도 보여 주고, 동물원도 보여 주고, 과학관도 가 본다. 세상에 태어나 느끼는 호기심과 그 나이의 지적 욕구를 채워 주기 위해서다.

그런데 문제는, 2년 이상의 나이 차 때문에 수준(?) 차이가 나는 녀석들을 따로따로 데리고 다닐 수가 없다는데 있는 것 같다. 규성이 수준에 맞추자니 지한이가 무식하고, 지한이 수준에 맞추자니 규성이가 너무 싱거워 할 것이다. 체력과 지구력에도 당연히 차이가 난다. 규성이 속도로 다니자니 짧은 다리의 지한이가 힘들고, 지한이 기동 능력에 맞추자니 규성이가 답답한 것이다.

그런 형제가 어느 날 '과학관'인가 다녀왔지만 둘째 지한이는 뭘 봤는지 모르겠는 상황이었을 것이고, 에버랜드를 다녀왔을 때는 지한이의 체력 때문에 중도에 돌아와서 규성이는 더 봐야 할 것을 못 봐서 퍽 속~~~이 상했다고 한다.

구상유취口尚乳臭 -아직 입에서 젖 냄새가 나는- 이지한에게 아직 은……. '그렇지 이규성?' ^^

하지만 할아버지 생각에 3~4년 후에는 상황이 조금 달라질 것 같다.

안개주의보

어느 봄날 손자들이 시골집에 머물고 있었다. 그날 할아버지 집이 있는 화계산 산골에는 안개가 끼었다. 규성이가 말했다.

"안개 주의보가 꼈다!"

'안개 주의보가 껴?' 할아버지가 긴 세월 살아오면서 처음 들어보는 재미있는 표현이었다. 안개주의보가 끼었다는 말은 '어법'에는 맞지 않지만 할아버지 귀에는 마냥 아름다운 말로 들렸지. ^^

어느 날 아침 풍경

아비 어미는 직장에 다니는 것만 해도 힘든데, 가끔 보면 아침마다 작은 전쟁을 치른다. 아이 둘을 놀이방에 데리고 갈 준비까지 하느라 아침은 퍽 분주하다. '아침밥' 준비와 밀린 설거지 하기, 또는 밤새 돌아간 세탁기가 쏟아내는 빨래를 정리하느라 바쁜 어미, 야근에 잠이 부족해 허둥대는 아비, 교육방송이나 애니메이션을 보면서 TV 화면에 정신이 팔려, 고래고래 "이규성!", "이지한!"을 부르며 벼락을 쳐도 모르는 아이들……, 그럴 땐 어미의 목소리가 오랜만에 높아진다. 우리 어미 잘한다! ^^

그런 틈틈이 할머니나 할아버지는 손이 되는 대로 기저귀 갈아 채우기 봉사(?)도 하고, 옷도 갈아입히고, 놀이방에 가지고 갈 장난감도 챙겨 준다. 그러는 사이에도 가끔은 저희들끼리 다투고…….

할아버지 할머니는 그런 '아침풍경'을 안타깝게 지켜볼 때가 자주 있다.

그런데 그런 아침풍경에 보태서 할아버지는 가족의
'아침 밥상'이 '건강'과 아이들 '교육'에 중요하다는 것을 강조해
어미에게 아침마다 가족을 위한 밥상을 차리도록 '명'했다.
밥상머리 교육의 중요성을 생각해서였다.

그러던 어느 금요일 아침은 아이들도 아빠 엄마도 지친 모습이었다. 그날 아침 현관을 나서며, 큰 녀석은 놀이방에 가기 싫다고 하고, 작은 녀석도 놀이방이 싫은지 또 "하버지 집에 가고 싶다"며 칭얼거렸다. 그날은 할아버지도 가볍지 않은 마음으로 화계산 시골집으로 돌아왔다. 그날의 아침 풍경과 함께 손자들이 놀이방에 가기 싫다며 하버지 집에 가고 싶다고 하던 녀석들 이야기를 할머니에게 전했더니 할미 눈에는 또 눈물이 그렁그렁했다.

할아버지가 심은
다섯 그루의 체리 나무

2011년 연초에 둘째 지한이가 태어났지. 그 봄에, 할아버지는 묘목 시장에서 크고 달고 맛있는 대추가 열린다는 '왕 대추나무'를 한그루 사서 화계산 시골집에 심었다. 그리고 '형제 대추나무'라고 이름을 지었다.

이미 집 주변에 심은 대추나무가 몇 그루 있지만 두 형제가, 아니 앞으로 더 늘어날지 모르지만 손자 손녀들이 그 열매를 따 먹으며 할아버지 할머니를 추억하게 하고 싶어서였다. 먹을 것이 많은 세상이지만 할아버지의 생각은, 해마다 가을이면 왕방울 빨간 대추가 주렁주렁 열리고 그 대추를 따 먹으며 아이들이 행복했으면 하는 거였다. 그려 보면 실로 아름다운 풍경이 아니겠는가!

아비 어미도, 할머니도 그 대추나무를 심은 사실은 이야기 들어 알고 있지만 해마다 거름 주고 물 주고 북돋으며 할아버지가 얼마나 정성을 다 했는지는 잘 모를 것이다. 대추나무를 돌보며 할아버지는 늘 행복했지만…….^^

2013년 봄에 보니, 그 '형제 대추나무'에 처음으로 꽃이 피었지 않은가! 결실 첫해인데 몇 개나 열릴지 궁금하다.

　그해 봄에 할머니는 새로운 제안을 했다. 시골집 남쪽 돌밭 빈터가 양지바르니 그곳에 블루베리와 체리를 심자는 거였다. 할머니 말을 잘 듣는 할아버지는 군말 없이 그렇게 하자고 했지.

　충청도 음성에서 좋은 묘목을 구해다가 심었단다. '블루베리' 열다섯 그루, '체리' 다섯 그루. 욕심 같아서는 손자들을 위해 더 많이 심고 싶었지만 이제 할아버지는 힘도 부치고, 묘목 값이 워낙 비싸서 그렇게만 심었다. 그나마 체리 나무는 할아버지 대학 선배님이 그냥 선물하셔서 받아다 심었다. 특히 체리는 신품종으로 황금색과 붉은 빛이 도는 열매가 열린다는데 맛이 무척 달다고 한다. 정성을 다해 심었고 첫 여름에 아주 잘 자라고 있는데, 화계산 골짜기가 워낙 추위가 심한 곳이라 해마다 겨울을 잘 견딜지 걱정이다.

　할아버지는 블루베리와 체리를 심고 몸살이 났었다. 사흘을 앓았지. 힘들었나 보다. 그래도 끙끙 앓으며 낮에는 서울로 방송국에 다녀오고 그랬지. 이제 할아버지의 체력도 옛날 같지는 않구나……. 그래도 그까짓 몸살보다는 체리와 블루베리를 심은 것이 좋기만 했단다. ^^

　예전 할아버지들께서도 집에 어린 식구가 늘어나면 과일나무를 심었다고 한다. 당장의 과자 한 봉지가 아니라, 먼 후일, 해마다 풍성한 과일이 열릴 그 때를 생각하시고 그러셨겠지.

　우리 손자들도 후일에 할아버지가 심고 가꾼 블루베리와 체리를 행복한 마음으로 따 먹으면 좋겠다.

　과수를 심은 며칠 뒤 4월 21일, 시골집에 규성이 외할아버지 할

머니와 이모부네 식구까지 모두 모였다. 화계산과 산자락 집 주변에 핀 봄꽃도 구경하고, 마침 '파종기'라서 봄채소와 옥수수도 심고 함께 즐거운 하루를 보냈다. 사람들이 많이 모이니 왁자지껄 활기가 넘쳤다.

그런데! 해가 기울 무렵이 되어 한꺼번에 모두 떠나느라 타고 온 자동차를 차례로 빼고 돌리는데 집 마당이 좁아 약간의 어려움이 있었다. 그때, 이모부네 차가 앞을 가로막아 제 아빠 자동차가 나갈 수 없는 상황을 어떻게 알았는지 세 살배기 작은 녀석이 발음도 제대로 안 되는 말로 뭐라고 주절거리더니 이모부네 자동차를 발로 '뻥' 차는 게 아닌가! 앙증맞은 운동화 발로!

순간 앞마당은 웃음바다가 돼 버렸다. 그래서 할아버지가 슬쩍 어깃장을 쳐 물었다.

"지한아, 왜 그래, 지금 '아빠 차' 때문에 '이모부네 차'가 못 가잖아! 응?"

"⋯⋯?"

그게 아닌데 할아버지는 이상한 질문을 한 거지. 녀석은 아무 말도 하지 못했다. 할아버지가 재차 물었다.

"지한아, 이모부네 차가 좋아 아빠 차가 좋아?"

이모부네 차를 뻥 찼으니 '뻔~'한 대답을 할 걸로 생각하고 물었지만 녀석의 대답은 기상천외였다.

"하버지 차가 좋아!"

다시 모두 폭소했다. 어떻게 이런 대답을 한담? 이게 바로 '이지한' 이가 사는 법인가? ^^

규성이의 새로운 변화

자란다. 몸도 마음도 자꾸자꾸 자라고 조금씩 변한다. 규성이도, 또 '2년 3개월 8일' 차이로 뒤따르는 지한이도 조금씩 자라고 변한다. 규성이의 성장과 변화가 있은 후 대략 2년쯤 되면 용케도 지한이가 그 뒤를 따라한다. 당연하지만 재미있는 일이다.

형이 먼저 기저귀와 작별하고 팬티를 입기 시작하고, 오줌을 곧잘 가리고 똥을 가리기 시작하고, 밥과 과일을 조금씩 더 먹고, 김치를 먹기 시작하고, '치카치카'를 하고, 즐겨 먹던 요구르트를 조금씩 덜 먹고, TV 프로그램의 그레이드가 달라지고 어휘가 부쩍부쩍 는다. 그러면 지한이가 순차적으로 그렇게 따라간다.

그러던 어느 날, 어미가 할머니에게 최근 '규성이의 변화'에 대해서 이야기하는 것을 들었다.

며칠 전 두 녀석을 목욕 시키던 날의 이야기란다. ^^ 가끔 샤워장 (화장실) 쪽에서 들려오는 어미의 목소리로 짐작컨대, 사내 녀석 둘을 목욕시키는 일이 만만한 일은 아닌듯하다.

그래도 그렇게 우당탕탕 깍깍 소리가 난 후에 '씻은 배추 줄거리'

260

처럼 뽀얀 녀석들이 샤워장 문을 나서는 모습은 얼마나 예쁜지!

그렇게 작은 전쟁 같은 목욕을 하던 날, 규성이가 어미에게 야단을 맞고 나서 (다 씻겨 놨는데 또 비누를 풀어 장난을 했다지 아마.) 마음이 삐딱했는지, 엄마에게 이렇게 말했다고 한다.

"엄마, 규성이는 자꾸 나쁜 생각이 들어."

오호? ^^ 성장이다. 이것이 다섯 살짜리 규성이 마음의 '변화'이고 '성장'이다! 다섯 살 나이에 보이는 미운 짓과 미운 생각을 엄마에게 표현한 것이다. 생각하면 반가운 변화다. 벌써!

예전 어린이들의 성장 발달 속도에 비해, 섭생과 생활환경이 좋아진 요즘 아이들의 성장과 심리 변화가 매우 빠르다는 보고가 있다더니 그런가 보다. 요즘은 "미운 일곱 살"이 아니라 "미운 세 살, 죽이고 싶은 일곱 살!"이라고 했다. '표현'이 좀 과하지만, 말 안 듣는 아이에 시달린 엄마의 속상한 마음이 담긴 말이라고 생각한다. ^^

규성이 순백색 가슴 속에도 벌써 그런 마음의 변화가 오고 있는 거며 우리 착한 규성이는 엄마에게 그런 이상한 속마음을 표현한 것이다. "엄마, 규성이는 자꾸 나쁜 생각이 들어……." 첫아이의 그런 말을 처음 들은 어미는 어쩌면 당황했을 수도 있겠는데, 순간 어미는 규성이에게 그렇게 말했다고 들었다.

"규성아, 자꾸 나쁜 생각이 들어~? 우리 규성이는~ ……음, 그럴 때는~ 자꾸 좋은 생각을 하도록 해야지?"

"네, 엄마……."

이렇게 자라는 것이다. 이렇게 조금씩 변하고 성장하는 것이다. 할아버지는 이런 모든 변화가 걱정스럽다기보다는 되레 반갑기도 하단다. ^^ 하지만 어미, 고생한다!

훌륭하구나!

하루는 아이들 집에 갔는데, 처음 보는 '무선 조종 자동차' 장난감을 규성이 혼자 '독점'으로 즐기고 있었다. 지한이는 옆에서 입을 꼭 다물고 그 광경을 지켜보고만 있었다.

할아버지가 보기에는 이해하기 어려운⑺, 튀는 분위기였다. 규성이는 손에 쥔 리모컨으로 무선 자동차를 전진 후진시키고, 방향 전환도 자유자재로 하며 약 올리듯 놀고 있었다. 그런데 어떻게 된 건지 지한이는 부러운 표정으로 바라다보기만 하는 눈치였다. 순서대로 교대로 놀기로 한 건가? 매우 궁금해진 할아버지가 아비에게 물었다.

"아비야, 지한이 껀(것은)?"

"없어요, 아버지……."

아비의 말투가 수상했다.

"왜? 어떻게 된 거냐?"

아비는 웃기만 했다. 무슨 일이지?

사연은 이랬다는 것 같다. 장난감 가게에 갔는데, 첫 경합이 붙은 장난감을 지한이가 갖겠다고 막무가내로 마구 떼를 썼고, 아비의 다짐과 중재로 '규성'이가 꾹 참으며 '동생'에게 양보를 했다. 그런데 양보를 한 규성이가 운 좋게 리모컨 자동차를 발견해 그걸 사게 됐고, 후회 막심했지만 지한이는 조금 전 첫 경합 때 너무나 강하게 떼를 쓴 죄로 '울며 겨자 먹기'의 '수모'를 계속 감내하고 있는 상황이라는 거다. 한 마디 말도 없이. 오호!

할아버지는 웃음이 터질 지경이었다. 리모컨 장난감 자동차를 물끄러미 바라보는 지한이 마음이 어떨지는 모르지만 한편으로는 유쾌했다. ^^

그래 우리 지한이 대단하다! 우리 지한이 훌륭하다! 그렇지, 사나이가 한 번 내린 결정은 비록 불리해도 이를 악물고 참아야지! 아직 악물 '이'가 별로 나지는 않았지만 말이다. 하지만 할아버지는 지한이가 너무너무 안됐구나! ^^

이것도 교육이다. 성급하게 내린 결론이 어떤 어려움을 가져오는지 알았을 것이다. 그런데 이 '비참한' 상황을 오래 기억할까?

지한이의 '능청' ^^

6월 하순 아주 더운 날, 아이들 집에 간 김에, 할머니와 가까운 농수산물 시장에 장을 보러 갔다. 주말에 시골집에는 방송국 손님들이 오기로 예정 되어 있기 때문이었다. 할머니는 할아버지를 기사로 대동했고 지한이가 마스코트로 따라 나섰다.

시장에 도착하자 할머니는 상점으로 장을 보러 들어가고 지한이와 할아버지는 나무 그늘에 주차를 하고 차에서 기다리기로 했다. 그때부터 지한이는 할아버지 자동차에 있는 물건들에 대해 궁금증을 참지 못했다. 특히 할아버지가 운전 중 졸음을 쫓을 때 먹는 과자봉지에 관심을 쏟았다. 녀석은 초롱초롱한 눈빛으로 할아버지를 쳐다보며 말을 걸었다.

"하버지, 이거 모(뭐)예요?"

"음, 그거? 젤리. 지한이 하나 줄까?"

"네!"

젤리를 하나 주었더니, 한두 번 우물우물하고는 꿀꺽해 버렸다. 그리고 또 달라는 표정이다. 이거 어쩐다? 단 것을 주어도 되나, 원.

"지한아 딱 한 개만 더 먹는 거야!"

"네!"

또 하나를 주니 금세 꿀꺽했다. 두 번째 젤리를 삼키고는 바로 옆에 있는 사탕 봉지를 만지작거리며 간절한 눈빛으로 말했다.

"하버지, 이건 모(뭐)예요?"

아하 이거 크게 걸렸는데? 아비 어미가 알면 뭐라고 할 건데…….

"그건~, 할아버지가 운전할 때 졸리면 먹는 거야 안 돼~!"

그랬더니 이 녀석, 사탕을 포기한 척하며 이러는 거다.

"하버지, 지한이는 졸려요."

"ㅎㅎㅎㅎㅎ!!!"

이 녀석이 갑자기 졸린다며 눈을 사르르 감는 것이 아닌가! 아이코, 이 귀엽고 능청스러운 놈, 할아버지가 졌다! 어떻게 그런 생각을 한담? 사탕을 먹고 싶으면 그렇게 하면 되겠더냐? 요, 귀여운 놈!

졸리긴! 녀석은 성공적으로 사탕을 한 개 먹고 나더니 자동차 핸들을 잡고 아무 스위치나 잡아당기고 누르면서 흥분하기 시작했다. 사내아이들의 공통점인 듯하다.

"오호, 이러면 안 되지~! 지한이는 밥 많이 먹고, 잠 잘 자고, 아빠 엄마 말 잘 듣고, 빨리 커서 아빠처럼 어른이 되면 그때나 운전을 하는 거야!"

할아버지의 말이 끝나자마자 녀석이 말했다.

"지한이는 밥 먹었는데."

푸하하하하하……! '밥 많이 먹고'에 대한 대응이었다. 이 녀석이 오늘 정말 웃긴다.

우리 손자들과 살면, 할아버지는 평~~생 더 늙지 않겠구나!

"할아버지, 여기 좀 와 보세요!"

녀석이 아비 어미를 따라서 시골집에 왔다. 화계산 시골집은 아이들의 해방구! 무슨 억압 속에 사는 건 아니지만 가기 싫은 놀이방을 안 가도 되는 곳, 시골집은 녀석들에게 평화롭고 자유로운 공간일 것이다. 아비가 튜브에 바람을 넣고 물을 채워 수영장을 만드는 사이, 활개 치며 여기저기를 뛰어다니던 규성이가 할아버지를 다급하게 불렀다.

"할아버지, 할아버지! 이리 와 봐!"

아무리 다급해도 말씨는 바로 고쳐야 했다.

"이리 와 보세요! 해야지?"

"네, 이리 와 보세요!"

"뭔데?"

"개미가 죽은 곤충을 끌고 가요!"

"할아버지가 쫓아버릴까?"

새끼 손가락만한 벌레가 무섭다는 건지 개미가 무섭다는 건지 알 수 가 없어서 그렇게 말했더니, 녀석이 할아버지의 말을 막았다.

"아니, 안 돼요~~! 개미가 점심을 먹어요. 쫓으면 안 돼요!"

"……!"

기특하다. 벌레가 무서운 것이 아니었다. 개미 점심시간을 방해하면 안 되며, 그 광경을 할아버지와 함께 보고 싶은 거였다. 우리 규성이가 어느새 또 이렇게 컸나?

규성이는 요즘 지적 변화가 한층 업그레이드돼서, '학습'에 대한 흥미가 높아진 것 같다. 예전에 겨우 뙤약볕에서, 기어 다니는 개미를 바라보고 있던 할아버지의 어릴 적과는 비교가 안 되고, 아비를 키울 때보다도 더 일찍 학습에 흥미를 보이는 것 같다.

아마도 조기 교육의 열풍 등, 사회적 흐름의 변화 그리고 주변 환경의 영향이 큰 것 같다. 말하자면 유아용 학습 도서의 범람, 동화책의 홍수, TV 등 다양한 영상물 접촉, 거기에 젊은 엄마들의 교육열……. 그런 종합적인 환경 속에서 아이들은 일찍 학습에 내 몰릴 수밖에 없다는 생각이다. 이것이 바람직한 변화인지 아니면 문제가 있는 변화인지 할아버지로서는 모르겠다.

할아버지에게는 다만 '개미가 점심을 먹고 있으니 쫓으면 안 된다.'는 규성이의 마음이 예쁠 뿐이다.

또 수족구병이 걸린 아이들

"여보, 지한이가 또 '수족구병'에 걸렸대요."

할머니가 어미의 전화를 받고 근심스럽게 말했다.

"아니, 녀석들은 수족구병을 한 번 앓았잖아요? 두 번도 걸려요?"

엊그제 잘 노는 걸 보고 왔는데 '수족구병'이라니……. 조금 안타까웠다. 놀이방에서 집단생활을 하니 그런가 보다. 어쩔 수 없는 일 아닌가?

'지한이'의 수족구병 때문에 상황이 매우 복잡해졌다. 어미는 할머니의 도움이 필요해서 전화를 한 것이다. 아비는 지금 우즈베키스탄에 출장을 간데다 어미마저 회사 명령으로 외부 교육중인데, 그 통에 지한이가 전염성이 있는 병에 걸렸으니 비상이 걸렸다.

규성이 형은 놀이방을 중지하고 이모네 집에 가 있어야 하고, 수족구병에 걸린 지한이는 형과 떨어져 외할머니와 지내야 하는 상황이었다. 병세가 호전 될 때까지 격리되어 있어야 하니까.

마음이 무거운 어미는 형과 떨어져 있어야 하는 이유를, 어린 지한이에게 말했다. 어린것이지만, 인격을 존중하는 마음으로 알든 모르든 설명한 모양이다. 어미는 이런 내용을 말했을 것이다.

"지한아, 많이 아프지? 엄마는 회사 일로 지한이와 함께 있을 수 없고, 또 지한이는 수족구병에 걸려서 형과 함께 있으면 형에게 옮기니까 수지 외할머니랑 있어야한다. 알았지? 지한아 엄마가 미안해……."

이 복잡한 비상 상황을 글로 옮기면서 할아버지도 얼른 이해하기 힘든데 지한이는 어떻게 이해하고 있을까?

여차여차, 지한이를 격리시키느라 수지 집에 데려간 외할머니가, '이 녀석이 이 상황을 어떻게 이해하고 있는지'가 궁금해서 어린것에게 물었다고 한다.

"지한아, 지한이는 왜 수지 할머니네로 왔을까?"

외할머니의 물음에 녀석은 간단하게 대답하더란다.

"지한이가 아파서!"

명료하고 명쾌한 대답이었다. 녀석은 그 복잡한 상황을 '한마디'로 파악한 것이다. '지한이가 아파서!'

이 이야기는 지한이 말에 감탄한 외할머니가 화계산 할머니에게 전화로 전해 주었고, 화계산 할머니가 지한이 생각에 눈물을 그렁거리며 다시 할아버지에게 전해 주어서 알게 됐다.

이틀 뒤에는 규성이 형도 수족구병 발병으로 이모네 집을 떠나 화계산 시골집으로 왔다. 방송이 끝난 퇴근길에 할아버지가 녀석을 인계받아 '택배' 했다. 할아버지의 차를 타고 오면서 규성이는 어른 수준의 말을 했다.

"할아버지, 어, 규성이도 '수족구' 걸렸대요."

"그래 할아버지도 알아. 많이 아프냐?"

"아니요. 어, 그런데 할아버지!"

"왜?"

"'수족구'가 뭐예요?"

"음……."

아이쿠, 이걸 어떻게 쉽게 설명하지?

"규성아, '수족구병'은 손과 발과 입속이 헐고 아픈 병이야. 규성이도 입속이 아프지?"

"네."

"수족구- '수手'는 손을 말하고, '족足'은 발, '구口'는 입이라는 뜻이야."

"할아버지! 어, 이제는 규성이가 지한이 만져도 된대요. 수지 할머니가 그랬어요."

"그러셨구나. 지한이만 아플 때는 서로 만지면 병을 옮기는데 규성이도 걸렸으니까……."

이 녀석, 잠시 뭔가 생각하더니 다시 말을 했다.

"할아버지! 어, 그런데 왜 수지 할머니는 규성이, 지한이 만져도 안 걸려요?"

아하! 그래, 우리 규성이에게 그런 의문이 생겼구나! 어떻게 그런 생각을……. 오호!

"규성아! 음, 어른들은 튼튼해서 수족구에 안 걸려. 아직 몸이 약한 어린이들에게만 걸리는 병이야. 그러니까 밥 잘 먹고 건강해야 돼."

"음, 알겠다.(이제 알았다는 뜻의 혼잣말 투)"

할아버지와 조잘조잘 그런 대화를 나누고 규성이는 몸이 괴로운지 안전벨트를 맨 채 불편한 자리에서 깊은 잠이 들었다.

　결국 서로의 접촉으로 수족구병에 걸린 형제가 며칠 만에 화계산 시골집에서 합류했다. '환자 형제'는 '동병상련'인지, 만나자 마자 서로 끌어안고 '지한아! 형아!' 어쩌고 이름을 부르며 우애의 말을 소곤거리며 위로하는데, 정말이지…… 혼자 보기에는 너무나 아까운 풍경이었다. ^^

　아, 수족구병 발병! 이건 그야말로 하나의 '소동'이다. '수족구병' 전염 하나로 이렇게 복잡하니, 요즘 젊은이들이 아이를 낳아서 키울 생각을 할 수 있겠는가? ㅠㅠ……

하버지, 잉잉~~

그 수족구병 발병 '소동'이 시작되기 이틀 전인 2013년 7월 11일, 그날 할아버지는 서울에서의 저녁모임 약속이 길어져 안양에서 하루 묵기로 했다. 녀석들이 잠들기 전에 도착하려고 했지만, 현관문을 열고 들어서니, 거실은 어둑하고 조용~했다. 오호, 늦었다. 녀석들이 벌써 잠자리에 든 분위기였다.

살금살금 거실을 지나는데, "할아버지! 하버지~!"소리와 함께 어미까지 방문을 열고 뛰쳐나왔다.

"아이고, 너희들 안 잤니?"

"네, 조금 전에 방에 들어갔어요, 아버님."

동화책을 읽어 주고 있었던 모양이었다.

"그래그래, 어서 들어가라. 할아버지는 술을 한잔 했다. 밤이 깊었으니 내일 아침에 보자구나~! 잘 자라~!"

"네!(합창)"

"할아버지 안녕히 주무세요, 해야지?"

어미가 늘 그렇게 가르친다.

"할아버지, 하버지, 안녕히 주무세요, 주무제요!(합창)"

　그런데 다음날 아침, 할아버지가 부지런을 떨어 아침 일찍 샤워를 하는데, 화장실 밖에서 지한이가 '잉~잉~' 큰 소리로 울고 있었다. 어미가 잠자다가 놀라서 뛰쳐나와 "왜 우느냐"라며 달래는 소리가 들렸다. 할아버지도 놀라서 샤워를 멈추고 거실 쪽으로 귀를 기울였다. 울음소리가 멎으며 들리는 지한이의 말소리는 그랬다.
　"하버지 없쩨! 잉 잉~"
　할아버지는 문을 열 수도 없어 화장실에서 큰 소리로 말했다.
　"지한아~! 할아버지 여기 있다. 샤워~~!"
　그래도 그치지 않는 녀석의 울음소리.
　"잉 잉~"
　어미가 녀석을 다독이며 상황을 설명하는 소리가 들렸다.
　녀석이 일찍 잠에서 깨어나 쪼르르 할아버지 방에 왔다가 어제 밤에 잠깐 본 할아버지가 안 보이니까, 말도 없이 떠난 줄 알고 속상해서 큰 소리로 울어댄 것이다.
　오호, 우리 지한이, 할아버지가 사랑해요! ^^
　아, 이러는 녀석들이 멀~리 '울산'으로 이사를 가야 한다니, 할머니 할아버지는 이제 어쩐다?

경상도 사투리를
배울 아이들

우리 손자들은 표준어를 쓴다. 표준어 환경에서 자라기도 했고, 또 말을 배우는 과정에 할아버지가 바른 말을 배우도록 은근히 신경을 썼다. 그런데 이제 2014년이면 아비의 직장 이동에 따라 아이들이 경상도 지역인 울산으로 떠난다.

자주 못 볼 텐데 보고 싶어서 어쩐다? 오호, 그 말을 하고나니 벌써 마음이 이상하다.

그리고, 멀리 떨어져 있어 가끔이나 만나겠고, 왕성한 언어 습득 시기라 그곳에서 자연스럽게 경상도 사투리를 배울 것인데, 어느 날 오랜만에 만난 손자들이 할아버지에게 달려들며 하는 말이……

"할배요~!"

애고, 어쩌지? '할아버지'가 아니고 '할배'라!

우선 귀엽겠지만, 그때 할아버지는 어떻게 응답할까?

A 타입- "오이야, 어서 오이라~! 할배는 귀세이 넬로 억~수로 보고 싶었데이."(?)

B 타입- "오냐, 어서 오너라~! 할아버지는 규성이 너를 많~이 보고 싶었단다."(?)

278

녀석들이 막상 '할배요~!' 하며 할아버지 품으로 달려들 때, 과연 어떤 느낌일까? ^^

애들아! 이 글을 마치려하니, 아이코, 아이코, 이거, 큰일 났구나! 정말 그렇게 멀리 떠나고 나면, 너희들이 보고 싶어 어쩌나 하는 생각에 벌써 눈물이 막 나는구나.

요 녀석들 보고 싶을 때 할아버지는 어쩐담? 할머니는 애들을 봐줄 핑계로 겸사겸사 울산에 가서 너희들을 본다지만, 할아버지는 그게 어렵겠는데 이걸 어쩐담?

너희들이 떠난 뒤에 화계산 시골집에서 일을 할 때면 너희들이 놀던 자리를 보면 그 자리에서 고물거리며 놀던 모습이 생각날 텐데 이걸 어쩌지? 감자를 캐고 김장 배추를 뽑을 때도 너희들이 보고 싶을 거고, 모닥불을 피우다가도 너희들이 보고 싶을 텐데 이걸 어쩌지? 개미가 기어 다니는 모습을 봐도 그 개미를 보며 흥분하던 너희들이 떠오를 거고, 눈이 내리는 날에는 할아버지와 썰매를 타던 그 겨울의 너희들 모습이 떠올라 보고 싶을 텐데 할아버지는 어쩌지? 아니 벌써 눈물이 나니 이걸 어쩌지?

우리 규성이, 지한아! 하지만 아마 할아버지는 그럴 때마다 꾹꾹 잘 참을 수 있을 것이다. 그래도 어쩌다 한 번씩은 정말 너희들이 보고 싶어 참을 수 없을 때가 있을 것 같구나. 할아버지도 그럴 땐 더 참지 못하고 기차나 버스를 타고 달려가야 할 것 같다. 그때 '할아버지! 할머니!'를 부르며 뛰어 오는 너희들을 생각하니 다시 눈물이 그렁그렁한다.

잘 가거라! 가서 그곳에 정 붙이고 잘 크고 공부 잘하고 사내대장부들이 되어라!

우리 사랑하는 손자들아, 부디 아름답게 잘 자라려마!

이 책이 세상에 나올 무렵, 큰 사랑을 받기 위해
우리를 향해 오던 아름다운 생명 하나가 그만……
별을 향해 큰 빛이 된 일이 있다.
규성이와 지한이가 장하게 성장한
먼 후일 을 생각하며…… 여기 적는다.
그래서 바라건데는 우리 사랑하는 아비, 어미야!
두 녀석을 오직 '사랑'으로 키우려므나.